I CLASSICI
Ritrovati

Collana diretta da Enrico De Luca

CHARLES DICKENS

A cura di ENRICO DE LUCA

Caravaggio
Editore

IL GRILLO DEL FOCOLARE di Charles Dickens
Titolo originale: *The Cricket on the Hearth*
Traduzione integrale dall'inglese, introduzione e note di Enrico De Luca

Copyright © 2009-2019 **Caravaggio Editore**
Vasto (CH), Italy
www.caravaggioeditore.it
informazioni@caravaggioeditore.it

Collana Editoriale *I Classici Ritrovati* (Volume 1)

Prima Edizione Marzo 2009
Seconda Edizione Ottobre 2018
Terza Edizione Dicembre 2019

ISBN 978-88-95437-81-1

INTRODUZIONE

Mai scrittore fu tanto esaltato e vituperato da schiere di ammiratori e detrattori come lo è stato, e lo è ancora oggi, Charles Dickens,[1] eppure egli è l'unico autore, della lunga tradizione di romanzieri inglesi che inizia con esponenti del XVIII secolo quali Richardson, Defoe, Swift, Fielding fino a Smollett e Goldsmith, a essere ancora letto, apprezzato e studiato in tutto il mondo.[2]

[1] Per maggiori notizie sulla vita e sulle opere di Dickens mi limito a citare, fra la vastissima bibliografia disponibile, almeno: J. Forster, *The Life of Charles Dickens*, London, Chapman & Hall, 1872-74, 3 voll. [prima traduzione italiana a cura di C. Casoretti, Milano, Tipografia Editrice Lombarda, 1879]; C.K. Chesterton, *Charles Dickens*, London, Methuen & Co., 1906; S. Spaventa Filippi, *Carlo Dickens*, Modena, Formiggini, 1911 e 1924; J. Lidsay, *A Biographical and Critical Study*, London, Dakers, 1950; E. Johnson, *Charles Dickens. His Tragedy and Triumph*, Kingsport, Simon and Schuster, 1952 [edizione riveduta New York, Viking, 1977]; C. Izzo, *Autobiografismo in Charles Dickens*, Venezia, Neri Pozza, 1954; H. House, *The Dickens World*, London, Oxford University Press, 1961; M. Praz, *Cronache letterarie anglosassoni III*, Roma, Edizioni di storia e letteratura, 1966; W. Angus, *The World of Charles Dickens*, London, Secker & Warburg, 1970; F.R. e Q. D. Leavis, *Dickens the Novelist*, London, Chatto & Windus, 1970; P. Ackroyd, *Dickens*, London, Sinclair-Stevenson, 1990; G. Smith, *Charles Dickens. A Literary Life*, London, Macmillan, 1996; J. Smiley, *Charles Dickens*, London, Weidenfeld, 2002. È inoltre possibile consultare il sito web dell'Università degli Studi di Milano: http://users.unimi.it/dickens in cui è presente un quadro aggiornato della situazione degli studi italiani su Dickens.

[2] Cfr. l'introduzione di C. K. Chesterton a C. Dickens, *Le avventure di Oliver Twist*, traduzione di B. Oddera, Milano, Mondadori, 1987.

Dickens non è soltanto uno dei maggiori e più popolari romanzieri dell'Ottocento, ma soprattutto uno dei più grandi umoristi inglesi, insuperato creatore di personaggi, abilmente sparsi nei suoi più celebri romanzi come *Il circolo Pickwick, Le avventure di Oliver Twist, David Copperfield, Tempi difficili, Il nostro comune amico, Grandi Speranze*.[3]

The Cricket on the Hearth (*Il Grillo del Focolare*) fa parte della silloge *The Christmas Books* (*I Libri di Natale*), più comunemente noti in Italia come *Racconti di Natale*. Il volume comprende cinque ampie novelle uscite prima separatamente negli anni quaranta del XIX secolo (*A Christmas Carol* è del 1843, *The Chimes* del 1844, *The Cricket on the Hearth* del 1845, *The Battle of Life* del 1846 e *The Haunted Man* del 1848), poi riunite insieme nel 1852 in diciassette numeri settimanali, quattro parti mensili e quindi in un unico volume.[4]

Contemporanea all'edizione inglese in volume fu pubblicata in Italia, nello stesso anno, la prima traduzione di Dickens in assoluto, e fu proprio quella relativa ai *Racconti di Natale*.

Il Grillo del Focolare nacque da un'idea particolare che Dickens ebbe al ritorno in Inghilterra dal lungo viaggio in Italia. Egli, come confida al suo biografo Forster, aveva in mente di fondare un periodico, in un solo foglio settimanale, composto da scritti originali, racconti, osservazioni critiche su libri e su teatri, un giornale in cui «dominerà sempre l'ardente, cordiale, generosa, allegra e splendida allusione al domestico

---

[3] «Nessun romanziere dell'Ottocento, neppure Tolstoj, è stato più robusto di Dickens, la cui ricchezza di invenzione rivaleggia quasi con quella di Chaucer e Shakespeare», cfr. H. Bloom, *Il canone occidentale*, Milano, Rizzoli, 1996, p. 277.

[4] Nella prima edizione in volume Dickens ha normalizzato la punteggiatura ridondante e retorica che caratterizzava le prime edizioni dei racconti.

focolare e alla famiglia. Lo intitolerei: *Il Grillo! Allegra creatura che garrisce sul focolare*».[5]

Il progetto fu poi modificato dando origine alla novella natalizia dell'anno 1845, intitolata appunto *The Cricket on the Hearth* (*Una Favola Domestica* recita il sottotitolo), che divenne ancor più popolare delle novelle precedenti.

Il racconto ebbe una discreta fortuna in Italia sin dal suo primo apparire, sebbene le traduzioni siano state in numero di gran lunga inferiore a quelle del più celebre *A Christmas Carol*, e appaiano in molti punti lacunose e, cosa più grave, non del tutto integrali. Esempio chiaro di come la sua prosa, nel nostro paese, fu quasi sempre semplificata, sfrondata, alleggerita e travisata da traduttori frettolosi che credo abbiano nociuto, più che alla fama dell'autore stesso, alla reale conoscenza della sua originale prosa.[6]

---

[5] Cfr. J. Forster, *Vita di Carlo Dickens*, traduzione di C. Casoretti, Milano, Tipografia Editrice Lombarda, 1879, p. 148.

[6] In questa sede mi limiterò a citare solo alcune traduzioni del racconto, fra le quali ho creduto opportuno inserire anche le non sempre felici riduzioni a uso dei ragazzi: *Il grillo del focolare*, traduzione di G. Pierantoni Mancini, Milano, E. Treves & C. Editori, 1869; *Berta la Cieca o Il Grillo del Focolare*, Milano, Tip. Pagnoni, 1871; *Il grillo del focolare*, in *Lo spettro di Marley*, versione di C. Laguna, Milano, Società Editoriale Milanese, 1908; *Il grillo del focolare*, traduzione di M. Fano Ettlinger, Torino, Paravia, 1924; *Il grillo del focolare*, in *I Racconti di Natale*, narrati da E. Treves, Torino, Utet, 1934; *Il grillo del focolare*, in *Scrooge e il grillo del focolare*, traduzione di D. Carter, Milano, Sonzogno, 1937; *Il grillo del focolare*, in *Il cantico di Natale e altri racconti*, traduzione di M. Longi, Firenze, 1951; *Il grillo del focolare. Racconto casalingo di fate*, traduzione di M. L. Fehr, Milano, Rizzoli, 1953 e segg.; *Il grillo del focolare*, traduzione e adattamento di E. Cecchini, Milano, Garzanti, 1953; *Il grillo del focolare*, in *Racconti di Natale*, traduzione di E. Grazzi, Roma, Casini, 1959 (riproposta sia dalla Mondadori, 1990 e segg. sia, leggermente ritoccata, dalla Newton Compton, 1993 e segg.); *Il grillo del focolare*, in *I Racconti*

Il testo utilizzato per la traduzione è quello dell'edizione "Charles Dickens" (1868), nella quale l'autore stesso aggiunse introduzioni e apportò correzioni minori; tale testo è riportato nel volume edito dalla Oxford University Press nel 1988, curato da Ruth Glancy, nel quale l'*editor* ha corretto tacitamente tutti quegli errori di stampa occorsi nell'edizione del 1868.[7]

Il lavoro di traduzione, stesa nella prima mano con la preziosa collaborazione di Luca Bruno, è stato da me ripreso, rivisto e ritoccato linguisticamente nell'arco di un quinquennio, affinché si potesse offrire al lettore moderno una versione integrale in lingua italiana che riuscisse a conservare, il più possibile, le espressioni dickensiane, le iperboli, i sottili giochi di parole, il periodo complesso (non sempre mantenuto nelle versioni italiane), la punteggiatura spesso ridondante, tipica di Dickens, basata sui ritmi del parlato, le abbondanti maiuscole, insomma tutto ciò che riguardasse l'*usus scribendi* dell'autore, sgrammaticature comprese, è stato riversato, non senza qualche difficoltà, da una lingua all'altra.[8]

di Natale, traduzione e adattamento di S. Palazzi, Torino, Utet, 1964; *Il grillo del focolare*, traduzione a cura di C. Giardini, Roma, Editrice l'Unità, 1993; *Il grillo del focolare*, in *Il canto di Natale e altri racconti*, traduzione di B. Scornito, Milano, Principato, 1998; *Il grillo del focolare*, in *Canto di Natale e altri racconti*, traduzione di A. Osti, Roma, Gruppo Editoriale L'Espresso, 2004; *Il grillo del focolare*, in *Canti di Natale*, traduzione di L. Lamberti, Torino, Einaudi, 2007.

[7] I manoscritti di *A Christmas Carol*, *The Cricket on the Hearth* e *The Battle of Life* sono custoditi nella Pierpont Morgan Library di New York; quello di *The Chimes* nella Forster Collection del Victoria and Albert Museum di Londra, e l'ultimo, contenente *The Haunted Man*, nella Pforzheimer Library di New York.

[8] I giochi linguistici propriamente fonici, molto amati dal Dickens, è inevitabile che, il più delle volte, si perdano nella traduzione, tuttavia, rispetto a molte traduzioni italiane che tendono a normalizzare le sgram-

Dickens, da un punto di vista traduttorio, presenta indubbie problematicità ben illustrate da Paolini nella nota alla sua interessante traduzione de *Il mistero di Edwin Drood*;[9] una difficoltà non da poco conto è costituita dai dialoghi nei quali l'autore imita le parlate dialettali e riproduce le storpiature dei parlanti incolti sgrammaticando le frasi. Un'altra peculiarità dello stile dickensiano, che dovrebbe essere mantenuta in una puntuale e fedele traduzione, è costituita dall'accumulo di dettagli e sinonimi, e da un linguaggio tutto costituito da parafrasi e digressioni.

A corredo del testo è stato inserito un essenziale apparato di note che illustrano alcuni punti del racconto e motivano le scelte linguistiche.

Enrico De Luca

maticature volontarie dell'autore oppure a sostituire i termini gergali e grossolani, la presente versione cerca di restituire alcuni di questi elementi altrove appiattiti o completamente eliminati.

[9] Cfr. C. Dickens, *Il mistero di Edwin Drood*, traduzione di P. F. Paolini, Milano, Bompiani, 2004, pp. 507-510.

CHARLES DICKENS

IL GRILLO DEL FOCOLARE

Una Favola Domestica

A

LORD JEFFREY

QUESTA STORIELLA È DEDICATA
CON
L'AFFETTO E LA DEVOZIONE
DEL SUO AMICO

Dicembre, 1845   L'AUTORE

PERSONAGGI

JOHN PEERYBINGLE, un corriere; un goffo, tardo, onesto uomo.

CALEB PLUMMER, un povero vecchio fabbricante di giocattoli, impiegato di Tackleton.

EDWARD PLUMMER, figlio del suddetto.

TACKLETON (chiamato "Gruff e Tackleton"), un duro, maligno, sarcastico giocattolaio.

MAY FIELDING, un'amica di Mrs. Peerybingle.

MRS. FIELDING, sua madre; una piccola, irritabile, querula vecchia donna.

MRS. MARY PEERYBINGLE ("Piccina"), moglie di John Peerybingle.

BERTHA PLUMMER, una ragazza cieca; figlia di Caleb Plummer.

TILLY SLOWBOY, un'assai maldestra ragazza, bambinaia di Mrs. Peerybingle.

TRILLO PRIMO

Ha cominciato il ramino![1] Non raccontatemi ciò che ha detto Mrs. Peerybingle. Ne so più io. Mrs. Peerybingle può lasciarlo dichiarato fino alla fine dei tempi che lei non è capace di dire chi di loro avesse iniziato, ma io dico che è stato il ramino. Dovrei saperlo, spero!

Ha cominciato il ramino, cinque minuti pieni del piccolo orologio olandese rivestito di cera, lì nell'angolo, prima che il Grillo emettesse un trillo.

Come se l'orologio non avesse finito di scoccare, e il piccolo convulso Fienaiolo[2] in cima a esso, muovendosi continuamente a scatti a destra e a sinistra davanti a un Palazzo Moresco con in mano una falce, non avesse falciato un mezzo acro di prato immaginario, prima che il Grillo vi prendesse completamente parte.

Ebbene, io non sono uno sicuro di sé per natura. Lo sanno tutti. Per nulla al mondo opporrei la mia opinione all'opinione di Mrs. Peerybingle, a meno che non ne fossi assoluta-

---

[1] Il termine *kettle*, che significa letteralmente «caldaia» o «calderotto», è stato tradotto, generalmente, con il troppo moderno «bollitore», con il generico «paiolo» oppure con i desueti «ramino» e «cocoma». Ho ritenuto opportuno, dopo attenta riflessione, scegliere fra i termini utilizzati proprio «ramino», perché mi è parso più appropriato all'utensìle descritto da Dickens e al periodo in cui è ambientato il racconto. Il ramino è, infatti, un vaso di rame o di ferro smaltato di forma rotondeggiante, con manico, bocca a becco e coperchio, che veniva usato anche in Italia dal XV fino a tutto il XIX secolo per scaldare l'acqua nel focolare.

[2] Mietitore di fieno.

mente sicuro. Niente mi potrebbe indurre a farlo. Ma questo è un dato di fatto. E il fatto è che è stato il ramino a iniziare, perlomeno cinque minuti prima che il Grillo desse un qualsiasi segno di vita. Contradditemi e io ne dichiarerò dieci.

Permettetemi di raccontare come ciò accadde! Avrei potuto procedere nel farlo sin dalla mia primissima parola, ma non l'ho fatto per questa semplice considerazione: se sto per raccontare una storia devo principiare dal principio; e com'è possibile principiare dal principio senza cominciare dal ramino?

Sembrava quasi che ci fosse una sorta di competizione o una prova di abilità, sapete, tra il ramino e il Grillo. E questo è ciò che la causò, ed ecco come essa si svolse.

Mrs. Peerybingle, uscendo nel pungente crepuscolo e strusciando sulle pietre bagnate in un paio di zoccoli che producevano per tutto il cortile innumerevoli impronte abbozzate del primo teorema di Euclide[3]... Mrs. Peerybingle riempì il ramino alla botte dell'acqua. Ritornata sùbito, senza gli zoccoli (e senza tanto, perché erano alti e Mrs. Peerybingle era piccolina), pose il ramino sul fuoco. Nel far questo perse la pazienza, o la nascose per un istante; giacché, essendo l'acqua sgradevolmente fredda, e in quella sorta di stato viscido, fangoso, simile a nevischio nel quale sembra penetrare attraverso ogni tipo di materia, soprascarpe comprese... si era impadronita delle dita dei piedi di Mrs. Peerybingle, e le aveva persino spruzzato le gambe. E quando siamo piutto-

---

[3] Figura geometrica consistente in un triangolo equilatero circondato da due cerchi intersecantesi. Gli zoccoli della signora Peerybingle avrebbero formato sul pietrisco alcuni abbozzi di questa figura.

sto orgogliosi di noi stessi (e a ragione anche) riguardo alle nostre gambe, e ci teniamo particolarmente a posto in fatto di calze, riteniamo questa cosa, al momento, difficile da tollerare.

Inoltre, il ramino era esasperante e ostinato. Non voleva lasciarsi aggiustare sul sostegno; non voleva sentirne di adattarsi benevolmente ai pezzi di carbone; *voleva* inclinarsi in avanti con un'aria da ubriaco, e gocciolare sul focolare, da autentico Idiota di un ramino che era. Era litigioso e fischiava e schizzava sgarbatamente nel fuoco. Per concludere, il coperchio, resistendo alle dita di Mrs. Peerybingle, da principio si girò sottosopra, e quindi, con un'abile pertinacia degna di miglior causa, s'immerse di traverso... proprio nel fondo del ramino. E lo scafo della *Royal George*[4] non aveva opposto nemmeno la metà della mostruosa resistenza a uscire dall'acqua, di quella che il coperchio di tale ramino impiegò contro Mrs. Peerybingle, prima che lo tirasse nuovamente fuori.

Persino allora, esso sembrava abbastanza cocciuto e arcigno, ostentando il manico con un'aria di sfida, e drizzando insolentemente e ironicamente il beccuccio verso Mrs. Peerybingle, come se dicesse: "Non bollirò. Niente mi indurrà a farlo!"

Ma Mrs. Peerybingle, con rinnovato buon umore, strofinò le piccole mani paffute l'una contro l'altra, e sedette davanti al ramino, ridendo. Nel frattempo, la vampa gioiosa si levava e abbassava, fiammeggiando e luccicando sul

---

[4] Nave da guerra inglese che affondò a Spithead nel 1782; i ripetuti tentativi di sollevarla fallirono tutti.

piccolo Fienaiolo in cima all'orologio olandese, tanto che si sarebbe potuto pensare ch'egli stesse fermo, immobile davanti al Palazzo Moresco, e niente si muovesse se non la fiamma.

Era in movimento, comunque; e i suoi spasmi, due al secondo, erano tutti esatti e regolari. Ma le sue sofferenze nel momento in cui l'orologio stava per scoccare, erano orribili a vedersi; e quando un Cucù si sporse da una botola nel Palazzo, ed emise nota per sei volte, lo scosse, ogni volta, come una voce sepolcrale... o come un qualcosa di metallico, che gli tirasse le gambe.

Fu soltanto dopo che un rumore ronzante e un violento tumulto tra i pesi e le funi sotto di lui era completamente cessato, che questo Fienaiolo atterrito divenne di nuovo se stesso. Né si era spaventato senza motivo, perché questi ticchettanti, ossuti scheletri di orologi sono realmente sconcertanti in azione, e mi stupisce veramente molto che un qualsiasi popolo, ma più di tutti gli Olandesi, possa aver provato piacere nell'inventarli. È una nota credenza che gli Olandesi, anche i più umili fra loro, amino soprabiti ampi e vesti pompose, e dovrebbero certo far di meglio che lasciare i loro orologi così tanto sparuti e senza protezione.

Fu in questo esatto momento, badate, che il ramino iniziò a trascorrere la serata. Fu in questo momento che il ramino, diventando suadente e musicale, iniziò ad avere irrefrenabili gorgoglii in gola, e ad abbandonarsi a piccoli sbuffi di voce, che soffocava sul nascere, come se non avesse ancora completamente deciso di essere di buona compagnia. Fu in questo momento che dopo due o tre vani tentativi di soffocare i suoi sentimenti conviviali, esso si sbarazzò di ogni scontrosità, di ogni riserbo, e proruppe in un fiume di canto accogliente e giulivo, che persino il più sdolcinato usignolo non se ne era mai fatto la benché minima idea.

Così semplice poi! Benedetti voi, avreste potuto capirlo come fosse stato un libro... meglio di certi libri che voi e io potremmo nominare, probabilmente. Con il suo caldo respiro sgorgante fuori in una nuvola leggera che allegramente e graziosamente saliva di un po' di piedi[5] e poi indugiava presso l'angolo del camino come fosse il suo particolare Paradiso domestico, esso canticchiava la sua canzone con la robusta energia dell'allegria, tanto che il suo corpo di ferro mormorava e si animava sul fuoco; e lo stesso coperchio, quel coperchio poco prima ribelle – tale è l'influenza di un esempio brillante – si produsse in una sorta di giga, e fece chiasso come un giovane piatto sordomuto che non aveva mai conosciuto il vantaggio del suo fratello gemello.[6]

Che questa canzone composta dal ramino fosse una canzone di invito e benvenuto per qualcuno fuori di casa, per qualcuno che, in quel momento, stava arrivando verso la casetta accogliente e il fuoco vivace, non c'è il benché minimo dubbio. Mrs. Peerybingle questo lo sapeva perfettamente, mentre sedeva meditabonda davanti al focolare.

È una notte buia, cantava il ramino, e le foglie morte giacciono per strada;

e, in alto, tutto è nebbia e oscurità, e, in basso, tutto è melma e fango;

---

[5] Antica unità di misura di lunghezza, in uso ancora oggi nei paesi anglosassoni, pari a 30,48 centimetri.

[6] Nel senso che sbattendo contro un altro coperchio sarebbe riuscito a produrre un suono più forte. «Piatto» è lo strumento a percussione che traduce *cymbal*.

e c'è un unico conforto in tutta quest'aria triste e fosca;

e non so se lo sia, perché non è altro che una luce abbagliante,

di un cremisi intenso e violento, dove il sole e il vento insieme

hanno marchiato a fuoco le nuvole, per essere colpevoli di un tempo simile;

e la più vasta campagna aperta è una lunga striscia monotona di nero;

e c'è brina sul cartello stradale, e ghiaccio sciolto sul sentiero;

e il ghiaccio non è acqua, e l'acqua non è libera,

e non puoi dire che qualcosa sia ciò che dovrebbe essere;

ma lui sta arrivando, arrivando, arrivando![7]...

E qui, se permettete, il Grillo si FECE sentire! con un Cri-cri, Cri-cri, Cri-cri di tale ampiezza, che sembrava fosse un coro; con una voce così sbalorditivamente sproporzionata alla sua taglia, se comparato con il ramino (taglia! non si poteva neanche vedere!) che se fosse esploso in quel preciso istante come una pistola sovraccaricata, se fosse caduto vittima sul posto, e trillato il suo corpicino in cinquanta pezzi, sarebbe sembrata una conseguenza naturale e inevitabile, per la quale si era espressamente adoperato.

Il ramino era arrivato alla fine della sua esibizione a solo. Perseverava con ardore immutato; ma il Grillo fece sua la parte di primo violino e la mantenne! Santo Cielo, come trillava! La sua voce acuta, nitida, tagliente, risuonava per la

---

[7] In lingua inglese i versi sono in rima, ma scritti senza colometria: si è reso il registro poetico con il da capo.

casa, e sembrava scintillare nell'oscurità esterna come una stella. In essa c'era un indescrivibile vibrato e un fremito, al suo apice, che suggeriva che il suo essere trascinava le sue zampe, e fosse fatta balzare ancora, dal suo stesso entusiasmo. Malgrado tutto andavano benissimo insieme, il Grillo e il ramino. Il motivo della canzone era costantemente lo stesso; e più forte, più forte, ancora più forte, lo cantavano nell'emularsi l'un l'altro.

La piccola ascoltatrice bionda – perché era bionda, e giovane: sebbene avesse qualcosa di ciò che si dice la forma di un *dumpling*;[8] ma personalmente a questo non faccio obiezione – accese una candela, diede un'occhiata al Fienaiolo in cima all'orologio, il quale stava racimolando un raccolto medio-buono di minuti, e guardò fuori dalla finestra, da dove non vide nient'altro, per via dell'oscurità, che il suo stesso volto riflesso nel vetro. E la mia opinione (e così sarebbe stata la vostra) è che avrebbe potuto guardare molto a lungo, e non vedere nemmeno la metà di una cosa tanto piacevole. Quando tornò indietro, e si sedette sullo sgabello su cui era seduta prima, il Grillo e il ramino stavano ancora continuando, con un furore da competizione esemplare. Essendo chiaramente il lato debole del ramino il non riconoscere quando veniva battuto.

In questo c'era tutta l'eccitazione di una corsa. Cri-cri, cri-cri, cri-cri! Grillo in testa di un miglio. Hum, hum, hum-m-m! Ramino si fa gioco della distanza, come un fuoriclasse. Cri-cri, cri-cri, cri-cri! Grillo gira l'angolo. Hum, hum, hum-m-m! Ramino gli sta attaccato a modo suo: nessuna

---

[8] Mela o altra frutta rivestita di pasta dolce e cotta al forno.

intenzione di darsi per vinto. Cri-cri, cri-cri, cri-cri! Grillo più fresco che mai. Hum, hum, hum-m-m! Ramino lento e costante. Cri-cri, cri-cri, cri-cri! Grillo sta per finirlo. Hum, hum, hum-m-m! Ramino non si lascia finire. Tanto che alla fine divennero così confusi l'uno con l'altro nella fretta e nella furia, nel disordine e nella confusione della gara, che se il ramino avesse trillato e il Grillo sbuffato, o il Grillo avesse trillato e il ramino sbuffato, o entrambi avessero trillato ed entrambi avessero sbuffato, ci sarebbe voluta una mente più acuta della vostra o della mia per stabilirlo con una qualche certezza. Ma quanto a questo non c'è dubbio: il ramino e il Grillo, nello stesso e identico momento, e con un certo potere di amalgama ben noto a essi soltanto, mandavano, ognuno, il proprio canto di conforto dal cantuccio del focolare, fino al raggio di una candela che splendeva fuori dalla finestra, e giù per un lungo tratto della stradina. E questa luce, apparendo all'improvviso a una certa persona che, al momento, si avvicinava verso di essa nell'oscurità, gli espose l'intera situazione, letteralmente in un batter d'occhio, e gridò "Bentornato a casa, vecchio amico! Bentornato a casa, ragazzo mio!"

Raggiunto questo scopo, il ramino, essendo stato completamente battuto, traboccò bollendo, e fu tolto dal fuoco. Mrs. Peerybingle, quindi, andò correndo verso la porta, dove, con qualcosa come le ruote di un carro, lo scalpiccio di un cavallo, la voce di un uomo, l'entrare e l'uscire di corsa di un cane eccitato, e la sorprendente e misteriosa apparizione di un lattante, ci fu ben presto una confusione infernale.

Da dove provenisse il lattante, o come Mrs. Peerybingle se ne fosse impadronita in quel baleno di tempo, *io* non lo so. Ma c'era un lattante vivo e vegeto tra le braccia di Mrs. Peerybingle; ed ella sembrava nutrire verso di lui un ammontare piuttosto considerevole di orgoglio, quando fu attirata gentilmente verso il fuoco dalla robusta figura di un uomo, molto più alto e molto più vecchio di lei, che si era dovuto chinare un bel po' per baciarla. Ma per lei ne valeva la pena. Lo avrebbe fatto persino un uomo alto sei piedi sei,[9] e in più con la lombaggine.

– Oh Dio, John! – disse Mrs. Peerybingle. – In che stato vi riducete con questo tempo![10]

In qualche modo non ne era uscito indenne, innegabilmente. La spessa bruma gli si era attaccata a grumi sulle ciglia come gelo candito; e tra la nebbia e il fuoco insieme, c'erano arcobaleni persino tra le sue basette.

– Perché, vedete, Piccina,[11] – rispose John, lentamente, mentre si srotolava uno scialle d'intorno al collo e si riscaldava le mani, – non è… non è esattamente un tempo estivo. Per cui, non meravigliatevi.

– Vorrei che non mi chiamaste Piccina, John. Non mi piace. – disse Mrs. Peerybingle, sporgendo le labbra in modo da mostrare chiaramente che le *piaceva*, davvero molto.

[9] Alto più di due metri.

[10] Ho creduto opportuno utilizzare sempre, nei casi in cui dialogano alcuni personaggi che non si conoscono o che non sono in confidenza, il pronome allocutivo di cortesia *voi*, piuttosto che *lei*, trovandolo più adatto all'epoca in cui è ambientato il racconto; anche quando Bertha si rivolge al padre oppure, come in questo caso, Piccina a John e viceversa, ho optato per l'utilizzo del pronome *voi* piuttosto che *tu*, perché di uso frequente all'epoca in famiglia tra figli e genitori e fra moglie e marito.

[11] *Dot* è stato tradotto con «Piccina», non si tratta, infatti, del nome proprio della protagonista che è Mary, ma semplicemente di un diminutivo.

– Perché, cos'altro siete? – replicò John, guardando in giù verso di lei con un sorriso, e dandole una stretta alla vita tanto leggera quanto poteva dare con la sua mano enorme e il suo braccio.

– Un punto e – e qui diede un'occhiata al piccolo, – un punto e a capo…[12] non voglio dirla per paura di sciuparla, ma stavo per fare una battuta. Non so se sono mai stato più vicino di adesso a farne una.

Dal canto suo, egli era spesso vicino a qualcosa o a qualcos'altro di ben fatto: questo grave, lento, onesto John; questo John così pesante, ma così leggero in spirito; così rozzo in superficie, ma così gentile nell'anima; così tardo fuori, così vivace dentro; così stolido, ma così buono! Oh Madre Natura, dona ai tuoi figli la vera poesia del cuore che si nasconde nel petto di questo povero Corriere – tra parentesi, non era altro che un Corriere – affinché noi possiamo sopportare che essi parlino in prosa e conducano vite in prosa; e potremo arrivare al punto di benedirti per la loro compagnia!

Era un piacere vedere Piccina, con quella sua piccola figura e il bambino tra le braccia, un vero bambolotto di bambino, guardare verso il fuoco con pensierosità civettuola, e inclinare la sua delicata testolina su un lato solo quanto bastava per lasciarla riposare in maniera bizzarra, metà naturale, metà affettata, stretta, completamente e amabilmente, sulla figura grande e robusta del Corriere.

Era un piacere vedere lui, con la sua tenera goffaggine, sforzarsi di adattare il suo rude supporto al delicato bisogno di lei, e fare della sua tarchiata mezza età un bastone non

---

[12] *A dot and carry*, cioè un'unità e un riporto nelle somme in colonna.

inappropriato per la fiorente giovinezza di lei. Era un piacere osservare come Tilly Slowboy, attendendo al bambino, sullo sfondo, avesse una particolare cognizione (ancor che nella sua primissima adolescenza) di questo quadretto, e come stesse con la bocca e gli occhi spalancati, e con la testa spinta in avanti, respirandolo come fosse aria. Né era meno piacevole osservare come John il Corriere, essendo fatta allusione al predetto bambino da parte di Piccina, trattenesse la mano sul punto di toccare l'infante, come se pensasse che avrebbe potuto romperlo; e piegandosi, lo contemplasse da una distanza di sicurezza, con una sorta di orgoglio imbarazzato, come quello che si potrebbe supporre mostri un mansueto mastino, nel trovarsi, un giorno, padre di un giovane canarino.

– Non è carino, John? Non è grazioso nel sonno?

– Graziosissimo. – disse John. – Proprio così. In genere dorme, no?

– Dio, John! Santo cielo, no!

– Oh, – disse John riflettendo, – pensavo che in genere i suoi occhi fossero chiusi. Olà!

– Bontà divina, John, come fate spaventare la gente!

– Non è un bene che alzi gli occhi in quel modo! – disse il Corriere stupito. – Vero? Guardate come ammicca con tutti e due in una volta! E osservategli la bocca! Sta boccheggiando come un pesce rosso!

– Non meritate di essere padre, proprio no; – disse Piccina, con tutta la dignità di un'esperta matrona, – ma come vorreste sapere da quali piccoli malanni sono afflitti i bambini, John! Non sapreste neppure i loro nomi, voi, sciocco individuo.

E quando ebbe posato il bambino sul proprio braccio sinistro, ed ebbe preso a schiaffetti la sua schiena, a mo' di ricostituente, pizzicò l'orecchio del marito, ridendo.

– No, – disse John, levandosi il mantello, – è proprio vero, Piccina. Non ne so molto di queste cose. So soltanto che questa sera sono stato a combattere piuttosto duramente con il vento. Ha soffiato da nord-est, dritto dentro al carro, per tutta la strada verso casa.

– Povero vecchio, è stato proprio così! – esclamò Mrs. Peerybingle, diventando immediatamente molto attiva. – Qua! Prendi il piccolo caro, Tilly, mentre mi rendo utile in qualche modo. Benedetto, potrei soffocarlo di baci, potrei! Allora, vieni bravo cane! Spicciati, Boxer, ragazzo mio! Prima lasciatemi soltanto fare il tè, John; e quindi vi aiuterò con i pacchi, come una vera ape industriosa. "Come fa la piccola"[13]... e così via, voi sapete, John. Avete mai imparato "Come fa la piccola", quando andavate a scuola, John?

– Non abbastanza da saperla. – ribatté John. – Una volta ci sono andato molto vicino. Ma l'avrei soltanto sciupata, oserei dire.

– Ah, ah! – rise Piccina. Aveva la più gaia risatina che avreste mai potuto sentire. – Che caro, vecchio tesoro di un asino che siete, John, davvero!

Per niente discutendo tale affermazione, John uscì per controllare che il ragazzo con la lanterna, che era stato a ballare avanti e indietro sulla porta e davanti alla finestra, come

---

[13] "How doth the little" è una poesia edificante, che i bambini imparavano a memoria, tratta dal poema *Against Idleness and Mischief* del teologo e innografo Isaac Watts (1674 -1748).

un Fuoco Fatuo, si prendesse la dovuta cura del cavallo; il quale era più grasso di quanto credereste a mala pena, se potessi darvene la misura, e così vecchio che il giorno della sua nascita si era perso nella notte dei tempi. Boxer, credendo che la sua attenzione fosse dovuta a tutta la famiglia in generale, e dovesse essere imparzialmente distribuita, si precipitava dentro e fuori con sconcertante incostanza; ora descrivendo un cerchio di corti latrati attorno al cavallo, nel punto in cui era stato strigliato sulla porta della stalla; ora, fingendo di lanciarsi in attacchi feroci contro la padrona, esibendosi scherzosamente in improvvise frenate; ora, strappando un urlo a Tilly Slowboy, seduta sul basso seggiolino per bambini vicino al fuoco, mediante l'inaspettata applicazione del suo naso umido sul volto di lei; ora, esibendo un invadente interesse nei confronti del bambino; ora, girando incessantemente intorno al focolare, e sdraiandosi come se si fosse stabilito lì per la notte; ora, alzandosi nuovamente, e portando fuori nient'altro che un mozzicone della sua coda, tra le intemperie, come se si fosse giusto ricordato di un appuntamento, e fosse uscito, a un trotto regolare, per mantenerlo.

– Ecco! Qui c'è la teiera, pronta sulla mensola del focolare! – disse Piccina; tanto vivacemente indaffarata quanto una bimba che giochi a fare la casalinga. – E qui c'è il vecchio osso di prosciutto; ed ecco il burro e il pane tostato e tutto! Qua c'è una cesta dei panni per i pacchi piccoli, John, se ne avete qualcuno qui... dove siete, John? Qualunque cosa tu faccia, Tilly, non lasciar mai cadere il caro bimbo sotto la grata del focolare!

Di Miss Slowboy bisogna notare che, nonostante respingesse questa ammonizione con una certa vivacità, possedeva un raro e sorprendente talento per mettere in difficoltà questo bambino: e per diverse volte aveva messo in pericolo la sua breve vita, in un modo placido, suo peculiare. Era di aspetto scarno e dritto questa giovane signorina, a tal punto che i suoi indumenti sembravano essere in costante pericolo di scivolare giù da quegli attaccapanni angolosi, le sue spalle, sui quali erano appesi sciattamente. Il suo modo di vestire era notevole per la parziale valorizzazione, in tutte le possibili circostanze, di qualche indumento di flanella di struttura singolare; inoltre per offrire visioni fugaci, nella regione della schiena, di un corsetto, o di un paio di busti, di colore verde smorto. Essendo sempre in uno stato di ammirazione a bocca aperta davanti a tutto, e assorbita, per di più, in una perpetua contemplazione delle perfezioni della sua padrona e di quelle del bambino, Miss Slowboy, con i suoi piccoli errori di giudizio, si potrebbe dire avesse fatto onore in ugual misura alla propria testa e al proprio cuore; e sebbene essi facessero meno onore alla testa del bambino, in quanto erano la causa occasionale di portarla a contatto con porte di abete, credenze, ringhiere di scale, colonnine di letti, e altre sostanze estranee, tuttavia essi erano gli onesti risultati del costante sbalordimento di Tilly Slowboy nel ritrovarsi trattata così gentilmente, e installata in una casa così accogliente. Perché gli Slowboy, madre e padre, erano ugualmente ignoti alla Fama, e Tilly era stata allevata dalla pubblica carità, una trovatella; la qual parola, sebbene differisca da benvoluta solo per la durata della prima vocale, è assai diversa nel significato, ed esprime completamente un'altra cosa.[14]

---

[14] Nel testo inglese le parole *foundling* «trovatella» e *fondling* «benvoluta» differiscono solo per la durata di una vocale.

Aver visto la piccola Mrs. Peerybingle ritornare con suo marito, trascinando la cesta dei panni, e facendo gli sforzi più strenui per non fare assolutamente niente (in quanto la portava lui), vi avrebbe divertito quasi quanto divertiva lui. Può aver divertito anche il Grillo, a quanto ne so; ma, certamente, a questo punto cominciò a trillare di nuovo, con veemenza.

– Ahi, ahi! – disse John, con la solita lentezza. – Mi sembra più allegro che mai, questa sera.

– Ed è sicuro che ci porterà buona fortuna, John! Ha sempre fatto così. Avere un Grillo del Focolare è la cosa più fortunata del mondo!

John la fissò come se fosse stato molto vicino a dire il pensiero che aveva avuto in testa, che era lei il suo Grillo in capo, e fu pienamente d'accordo con lei. Ma probabilmente ci fu uno dei suoi soliti salvataggi per il rotto della cuffia, perché non disse nulla.

– La prima volta che ho sentito la sua piccola nota gioiosa, John, fu durante quella notte in cui mi portaste a casa… quando mi portaste alla mia nuova casa, qui; per essere la vostra piccola padrona. Pressappoco un anno fa. Ve ne rammentate, John?

Oh, sì. John ricordava. Penso proprio di sì!

– Il suo trillo era una specie di benvenuto per me! Sembrava così pieno di promesse e incoraggiamenti. Sembrava dire che sareste stato buono e gentile con me, e non vi sareste aspettato (allora, John, avevo paura di questo) di trovare una testa matura sulle spalle della vostra sciocca piccola moglie.

John accarezzò pensierosamente una di quelle spalle, e quindi la testa, come se avesse voluto dire: No, no; lui non aveva una simile aspettativa; era stato completamente soddisfatto di prenderle così com'erano. E aveva davvero ragione. Erano molto aggraziate.

– Diceva la verità, John, quando sembrava parlar così; perché per me siete stato, sono sicura, il migliore, il più premuroso, il più affettuoso dei mariti. Questa è stata una casa felice, John; e per amor suo io amo il Grillo!

– Beh, allora anch'io gli voglio bene. – disse il Corriere. – Anch'io, Piccina.

– Lo amo per le molte volte in cui l'ho ascoltato, e per i molti pensieri che la sua musica non fastidiosa mi ha dato. Qualche volta, nel crepuscolo, quando mi sono sentita un po' sola e scoraggiata, John... prima che il bimbo fosse qui a tenermi compagnia e a rallegrare la casa... quando ho pensato a come vi sareste sentito solo se io fossi morta, come mi sarei sentita sola se avessi saputo che mi avevate perduta, caro, il suo Cri-cri, Cri-cri, Cri-cri, presso il focolare, mi è sembrato parlarmi di un'altra vocina, così dolce, a me così tanto cara, davanti al suono venturo della quale le mie preoccupazioni sono svanite, come in un sogno. E quando ero solita aver paura... e ne avevo di paura un tempo, John, quando ero molto giovane, sapete... che il nostro potesse essere un matrimonio male assortito, essendo io una tale bambina, e voi più simile al mio tutore che a mio marito, e che voi non poteste essere capace, per quanto provaste intensamente, di imparare ad amarmi, come pregavate e speravate che potesse essere; il suo Cri-cri, Cri-cri, Cri-cri mi ha tirato su di morale, e mi ha colmato di nuova speranza e nuova fiducia. Stavo pensando a queste cose stasera, caro, quando sedevo, aspettandovi; e per amor loro io amo il Grillo!

– E anch'io. – ripeté John. – Ma, Piccina… *io* sperare e pregare di poter imparare ad amarvi? Cosa dite! Questo l'ho imparato di gran lunga prima di portarvi qui, per essere la padroncina del Grillo, Piccina!

Ella posò per un istante la propria mano sul braccio di lui e alzò gli occhi nella sua direzione, con un'espressione agitata, come se avesse voluto dirgli qualcosa. Dopo un momento era piegata sulle ginocchia davanti alla cesta, parlando con voce briosa, e indaffarata con i pacchi.

– Non ce ne sono molti stasera, John, ma ho visto delle merci dietro il carro, proprio adesso; e sebbene diano forse più fastidio, tuttavia pagano bene anche loro; così non abbiamo motivo di lamentarci, vero? Per di più ne avrete consegnati mentre tornavate, vero?

– Oh sì! – disse John. – Un bel po'!

– Beh, cos'è questa scatola rotonda? Cuore mio, John, è una torta nuziale!

– Lasciate fare, solo una donna può scoprire una cosa del genere. – disse John con ammirazione. – Un uomo non lo avrebbe mai pensato. Laddove è mio parere che se tu stessi per imballare una torta nuziale in una cassa da tè o in un fusto da letto apribile, o in un fusto di legno per il salmone in salamoia, o in ogni altra cosa diversa, una donna sarebbe sicura di scoprirla immediatamente. Sì, l'ho ordinata dal pasticciere.

– E pesa non so quanto... un centinaio di libbre![15] – esclamò Piccina, facendo un grande sforzo nel cercare di sollevarla. – Di chi è, John? Dov'è indirizzata?

---

[15] Unità di peso in uso nei paesi anglosassoni, corrispondente a 454 grammi.

– Leggete la scritta sull'altro lato. – disse John.

– Perbacco, John! Mio Dio, John!

– Ah! Chi l'avrebbe mai pensato! – ribatté John.

– Non avrete per caso intenzione di dire – proseguì Piccina, sedendo sul pavimento e scuotendo la testa verso di lui, – che si tratta di Gruff e Tackleton, il giocattolaio!

John annuì.

Anche Mrs. Peerybingle, come minimo cinquanta volte. Ma non in segno di assenso... solo in muto e compassionevole stupore; serrando nel contempo le labbra con tutta la loro piccola forza (non erano state fatte per essere serrate; e di ciò sono certo), guardando più volte, nella sua distrazione, il buon Corriere. Nel frattempo, Miss Slowboy, che aveva una capacità meccanica di riprodurre stralci di conversazioni correnti per il diletto del bimbo, con tutto il loro significato stravolto, e tutti i nomi portati al plurale, chiese ad alta voce a quella giovane creatura, se dunque Erano Gruffs e Tackletons i giocattolai, e se Volesse ordinare ai Pasticcieri torte nuziali, e se Le sue madri riconoscessero le confezioni quando i suoi padri le portavano a casa; e così via.

– E questo doveva davvero succedere! – disse Piccina. – Beh, lei e io andavamo a scuola insieme da ragazze, John!

Aveva potuto pensare a lei, o stare per pensare a lei, forse, proprio in quel periodo in cui andava a scuola. Egli la guardò con un piacere pensieroso, ma non rispose nulla.

– E lui è così vecchio! Così diverso da lei!... Beh, di quanti anni è più vecchio di voi Gruff e Tackleton, John?

– Quante più tazze di tè, mi chiedo, berrò in una sola volta questa sera, di quante Gruff e Tackleton abbia mai preso in quattro! – rispose John di buon umore, mentre tirava una sedia, verso la tavola rotonda, e iniziando con il prosciutto freddo. – Quanto a mangiare, io non mangio che poco; ma quel poco me lo godo, Piccina.

Persino questo, il suo detto usuale al momento dei pasti, una delle sue innocenti illusioni (perché il suo appetito era sempre costante, e decisamente lo contraddiceva), non suscitò nessun sorriso sul viso della sua mogliettina che stava fra i pacchi, spingendo lentamente con il piede la confezione della torta lontano da lei, e senza nemmeno badare una volta, sebbene i suoi occhi fossero abbassati, alle graziose scarpe a cui in genere era così attenta. Assorta in meditazione, stava lì, dimentica ugualmente del tè e di John (sebbene egli la chiamasse, e battesse sulla tavola con il coltello per richiamare la sua attenzione), fino a quando egli si alzò e la toccò sul braccio; a questo punto, lei lo guardò per un momento, e corse al suo posto dietro il vassoio del tè, ridendo della propria negligenza. Ma non come aveva riso prima. Il modo e la melodia erano completamente cambiati.

Il Grillo, pure, aveva smesso. In qualche modo la stanza non sembrava così vivace come era stata. Per niente simile a prima.

– Così i pacchi sono tutti questi, vero, John? – disse lei, rompendo un lungo silenzio che l'onesto Corriere aveva dedicato alla dimostrazione pratica di una parte del suo detto preferito... sicuramente godendosi ciò che mangiava, anche se non si poteva ammettere che non mangiasse che poca roba. – Così i pacchi sono tutti questi, vero, John?

– È tutto qui. – disse John. – Perbacco... no... io... – posando il coltello e la forchetta, e traendo un lungo respiro. – Dico io... ho dimenticato il vecchio gentiluomo!

– Il vecchio gentiluomo?

– Nel carro, – disse John, – si era addormentato in mezzo alla paglia, l'ultima volta che l'ho visto. Sono stato molto vicino a ricordarmi di lui, per due volte, da quando sono entrato, ma mi è uscito di testa di nuovo. Olà! Sveglia laggiù! Alzatevi! Siamo a casa mia!

John disse queste ultime parole fuori la porta, verso la quale si era precipitato con la candela in mano.

Miss Slowboy, conscia di qualche misterioso riferimento a Il Vecchio Gentiluomo, e connettendo con la frase nella sua immaginazione confusa certe associazioni di carattere religioso, fu così turbata, che, alzandosi precipitosamente dal basso seggiolino presso il focolare per cercare protezione dietro la padrona, e venendo a contatto, mentre incrociava la via della porta, con un anziano Straniero, istintivamente diede una carica, o piuttosto cozzata, verso di lui con l'unico strumento offensivo alla sua portata. Ed essendo questo strumento il bimbo, suscitò una grande agitazione e un grande allarme, che la perspicacia di Boxer tendeva piuttosto ad aumentare; giacché quel vecchio cane, più sollecito del suo padrone, era stato, sembrava, a sorvegliare il vecchio gentiluomo nel sonno, per paura che scappasse con un po' dei giovani alberi di pioppo che erano legati dietro al carro; e lo seguiva ancora molto da vicino, tormentando infatti le sue ghette,[16] e facendo delle puntate violente verso i bottoni.

– Siete innegabilmente uno che dorme bene, signore, – disse John, quando fu ripristinata la tranquillità; nel frattem-

---

[16] In uso nell'abbigliamento maschile fino ai primi del XX secolo, si tratta di gambaletti abbottonati lateralmente che venivano calzati sopra le scarpe.

po il vecchio gentiluomo si era fermato, a capo scoperto e senza muoversi, nel mezzo della stanza; – tanto che io ho una mezza idea di chiedervi dove sono gli altri sei[17]... ma sarebbe stata solo una battuta, e so che l'avrei sciupata. Sebbene ci fossi stato molto vicino, – mormorò il Corriere, con un ghigno soffocato, – molto vicino!

Lo Straniero, che aveva lunghi capelli bianchi, bei lineamenti, singolarmente vigorosi e ben definiti per una persona anziana, e luminosi, penetranti occhi scuri, guardò in giro con un sorriso, e salutò la moglie del Corriere, inclinando gravemente la testa.

Il suo vestito era assai antiquato e strano... di una foggia antichissima. Il colore era marrone, da capo a piedi. Nella mano reggeva una mazza o un bastone da passeggio marrone; e battendolo sul pavimento, esso si disintegrò, e divenne una sedia, sulla quale si sedette tranquillamente.

– Ecco! – disse il Corriere, girandosi verso sua moglie. – Questo è il modo in cui l'ho trovato, seduto sul ciglio della strada! Diritto come una pietra miliare! E quasi altrettanto sordo.

– Seduto all'aria aperta, John!

All'aria aperta, – replicò il Corriere, – proprio all'imbrunire. «Porto affrancato», mi ha detto, e m'ha dato uno scellino e mezzo.[18] Quindi è salito. Ed eccolo qui.

---

[17] Allusione ai Sette Dormienti di Efeso: sette giovani cristiani che erano stati rinchiusi in una caverna da Decio, imperatore romano, e caddero in un sonno miracoloso e profondo fino alla loro liberazione accidentale, centottantasette anni dopo.

[18] Nel testo inglese *eighteenpence* cioè diciotto pence, poiché uno scellino equivale a dodici pence, diciotto pence sono uno scellino e mezzo.

– Sta per andarsene, penso, John!

Non proprio. Stava solo iniziando a parlare.

– Con il vostro permesso, sarei fermo posta. – disse lo Straniero, mitemente. – Non datevi pensiero per me.

Detto ciò, prese un paio di occhiali da una delle sue ampie tasche, e un libro da un'altra, e iniziò a leggere con calma. Non curandosi di Boxer più che se fosse stato un agnellino domestico!

Il Corriere e sua moglie si scambiarono un'occhiata di perplessità. Lo Straniero alzò la testa; e dando un'occhiata da quest'ultima al primo, disse: – Vostra figlia, mio buon amico?

– Moglie. – ribatté John.

– Nipote? – disse lo Straniero.

– Moglie. – ruggì John.

– Davvero? – osservò lo Straniero. – Sicuro? Molto giovane!

Si rigirò dall'altra parte pacatamente, e riprese la sua lettura. Ma dopo aver letto non più di due righe, si interruppe di nuovo per dire:

– Il bimbo, vostro?

John gli diede un enorme cenno d'assenso, equivalente a una risposta affermativa comunicata attraverso un megafono.

– Femminuccia?

– Ma-a-schio! – ruggì John.

– Molto giovane anche lui, eh?

Mrs. Peerybingle intervenne all'istante.

– Due mesi e tre gior-ni! Vaccinato giusto sei settimane fa-a! Venuto su molto be-e-ne! Considerato dal dottore un bimbo notevolmente be-el-lo! Uguale al tipo di bambino in genere di cinque mesi d'eta-à! Presta attenzione in un modo me-ra-vi-glio-so! Può sembrarvi impossibile, ma sente già le sue gam-be!

A questo punto, la piccola madre senza fiato, che era stata a gridare queste frasi brevi nell'orecchio del vecchio, finché il suo bel visino si era fatto cremisi, sollevò il Bimbo davanti a lui come un fatto indiscutibile e trionfante, mentre Tilly Slowboy, con un grido melodioso di «Eccì, eccì» - il quale suonava come una qualche parola sconosciuta, adattata a una popolare Cantilena - eseguiva alcuni salti da mucca attorno a quell'Innocente del tutto inconsapevole.

– Ascoltate! Il fermo posta è reclamato, certamente. – disse John. – C'è qualcuno alla porta. Aprila, Tilly.

Comunque, prima che ella potesse raggiungerla, fu aperta dall'esterno; essendo un modello di porta primitivo, con un saliscendi che ognuno avrebbe potuto sollevare se lo desiderava... e un bel po' di persone lo desideravano, perché a tutti i vicini piaceva scambiare una o due allegre parole con il Corriere, sebbene egli non fosse un gran conversatore. Una volta aperta, essa lasciò passare un uomo piccolo, magro, pensieroso, dalla faccia triste, che sembrava essersi fatto un cappotto da una tela di sacco che ricopriva qualche vecchia cassa; perché quando si girò per chiudere la porta, e tener così fuori il maltempo, rivelò sul dorso di quell'indumento l'incisione G & T in grosse maiuscole nere. Oltre alla parola VETRO a caratteri cubitali.

– Buona sera John! – disse l'ometto. – Buona sera Mammina. Buona sera Tilly. Buona sera Sconosciuto! Come sta il Bimbo, Mammina? Boxer sta piuttosto bene, spero.

– Tutto perfetto, Caleb. – replicò Piccina. – Sono sicura che vi basta solo guardare il piccolo caro per saperlo.

– E io sono sicuro che mi basta solo guardare voi per un'altra prova. – disse Caleb.

Tuttavia non la guardò; aveva uno sguardo vagante e pensoso, che sembrava essere sempre sul punto di proiettarsi in qualche tempo o luogo diverso, qualunque cosa dicesse; una descrizione questa che si applicherà ugualmente alla sua voce.

– O John per un'altra. – disse Caleb. – O perfino Tilly. O certamente Boxer.

– Impegnato fino ad adesso, Caleb? – chiese il Corriere.

– Beh, abbastanza, John. – rispose lui, con l'aria distratta di un uomo che si fosse messo, come minimo, alla ricerca della Pietra Filosofale.[19] – Anche troppo. C'è una certa richiesta di Arche di Noè al momento. Avrei desiderato migliorare la Famiglia, ma non vedo come si possa realizzare allo stesso prezzo. Sarebbe una soddisfazione per la mente di una persona, rendere più chiaro quali siano Sam e Cam, e quali siano le Mogli. Né le mosche sono in scala, se comparate con gli elefanti, sapete! Ah! Bene! Avete qualcosa per me fra i pacchi, John?

Il Corriere ficcò la mano in una tasca del cappotto che si era tolto ed estrasse, accuratamente preservato con muschio e carta, un minuscolo vaso di fiori.

– Ecco qui! – disse, aggiustandolo con molta cura. – Neppure una foglia sciupata. Pieno di boccioli!

---

[19] Riferimento alla celebre credenza degli alchimisti secondo i quali una sostanza poteva essere in grado di trasformare metalli ordinari in oro.

Lo sguardo smorto di Caleb si illuminò, appena lo prese, e lo ringraziò.

– Caro, Caleb, – disse il Corriere, – molto caro in questa stagione.

– Non preoccupatevi per questo. Sarebbe poco per me, qualunque prezzo costasse. – ribatté l'ometto. – Qualcos'altro, John?

– Una scatoletta. – replicò il Corriere. – Ecco, a voi!

– "Per Caleb Plummer" – disse l'ometto, leggendo attentamente l'indirizzo. – "Con Cassa". Con Cassa, John? Non penso sia per me.

– "Con Cura" – ribatté il Corriere, guardando da sopra la spalla di lui. – Da dove l'avete tirato fuori cassa?[20]

– Oh! Sicuro! – disse Caleb. – È tutto a posto. Con Cura! Sì, sì, è mia. Sarebbe stato con cassa, in realtà, se il mio caro Ragazzo fosse rimasto vivo nelle Americhe d'Oro del Sud, John. Lo amavate come un figlio, vero? Non c'è bisogno di dirlo. *Io* lo so, naturalmente. "Caleb Plummer. Con Cura". Sì, sì, è tutto a posto. È una scatola di occhi di bambole per il lavoro di mia figlia. Vorrei che in una scatola ci fosse la sua vista, John.

– Vorrei che ci fosse, o che potesse esserci! – esclamò il Corriere.

– Grazie. – disse l'ometto. – Parlate davvero con il cuore. Pensare ch'ella non vedrà mai le Bambole... e loro che la fissano, così sfacciate, per tutto il giorno! Questo è quello che fa male. Quant'è il disturbo, John?

– Vi disturberò io, – disse John, – se me lo chiedete. Piccina! C'ero molto vicino?

***

[20] Gioco di parole fra *cash* «cassa» e *care* «cura».

– Bene, è così come dite! – osservò l'ometto. – È il vostro solito gentile modo di fare. Vediamo. Penso sia tutto.

– Penso di no. – disse il Corriere. – Provate ancora.

– Qualcosa per il nostro Principale, eh? – disse Caleb, dopo aver riflettuto un po'. – Sicuro. È quella la cosa per cui sono venuto; ma la mia testa sta sempre sul punto di correre verso quelle Arche e quelle cose! Non è stato qui, vero?

– Lui no. – ribatté il Corriere. – È troppo occupato, a far la corte.

– Sta venendo da queste parti, – disse Caleb, – perché mi ha detto di tenermi sul lato più vicino alla strada tornando a casa, e che, molto probabilmente, mi avrebbe preso. Farei meglio ad andare, a proposito... non avreste la bontà di lasciarmi pizzicare la coda di Boxer, Mammina, per un mezzo attimo?

– Ma Caleb! Che domanda!

– Oh, non pensateci, Mammina. – disse l'ometto. – Probabilmente non gli piacerebbe. C'è un piccolo ordine che è appena arrivato, di cani che abbaiano, e desidererei avvicinarmi quanto posso alla Natura, per mezzo scellino. Questo è tutto. Non preoccupatevi, Mammina.

Capitò opportunamente che Boxer, senza ricevere lo stimolo proposto, iniziò ad abbaiare con grande zelo. Ma poiché questo implicava l'avvicinarsi di qualche nuovo visitatore, Caleb, rinviando il suo studio dal vivo a un momento più conveniente, si mise in spalla la scatola rotonda, e prese un frettoloso congedo. Avrebbe potuto risparmiarsi il fastidio, poiché incontrò il visitatore sulla soglia.

– Ah! Sei qui? Aspetta un po'. Ti porterò a casa. John Peerybingle, i miei omaggi a voi. Ancora più omaggi alla vostra graziosa moglie. Più bella ogni giorno! Ancora meglio, se possibile! E più giovane, – rifletté il dicitore a voce bassa, – questa è opera del Diavolo!

– Sarei sorpresa del vostro far complimenti, Mr. Tackleton, – disse Piccina, non con la miglior grazia del mondo, – se non fosse per la vostra condizione.

– Allora sapete già tutto?

– Mi sono indotta a crederlo, in un modo o nell'altro. – disse Piccina.

– Dopo un duro sforzo, suppongo?

– Esatto.

Tackleton il Giocattolaio, quasi generalmente noto come Gruff e Tackleton – perché quella era la ditta, sebbene Gruff fosse stato rilevato da molto tempo, lasciando nella società solo il nome, e, come dice qualcuno, la natura, secondo il suo significato nel Dizionario[21] – Tackleton il Giocattolaio era un uomo la cui vocazione era stata completamente misconosciuta dai suoi Genitori o dai suoi Tutori. Se avessero fatto di lui un Usuraio, o uno scaltro Procuratore, o un Agente dello Sceriffo, o un Agente di Borsa, avrebbe potuto sfogare i suoi istinti insoddisfatti in gioventù, e, dopo aver avuto la piena soddisfazione di sé in affari di natura malevola, si sarebbe potuto rivelare amabile, alla fine, per amore di un po' di freschezza e originalità. Ma, inibito e indispettito nella pacifica occupazione del fabbricante di giocattoli, egli era un Orco domestico, che per tutta la vita si era dovuto nutrire di bambini, ed era il loro implacabile nemico. Disprezzava tutti i giocattoli; non ne avrebbe comprato neppure uno

---

[21] *Gruff* letteralmente significa «burbero, scontroso, arcigno».

per niente al mondo; traeva godimento, nella sua malizia, dall'insinuare espressioni arcigne nelle facce di contadini di carta da pacchi che portavano maiali al mercato, di banditori che ammonivano le coscienze perdute di avvocati, di vecchie signore semovibili che rammendavano calzini e trinciavano pasticci; e altri analoghi esemplari del suo campionario. In maschere raccapriccianti, in ripugnanti, irsuti Saltamartini[22] dagli occhi rossi, in Aquiloni Vampiro, in demoniaci Misirizzi[23] che non volevano saperne di stendersi, ma erano perpetuamente ondeggianti in avanti, a fissare i bimbi fino a farli sentire in imbarazzo; il suo spirito si beava alla perfezione. Essi erano il suo unico conforto e la sua valvola di sfogo. Era insuperabile in invenzioni di questo tipo. Qualsiasi cosa che evocasse un Incubo in miniatura era, per lui, delizioso. Aveva persino perso soldi (aveva molta simpatia per quel giocattolo) nel costruire vetri Goblin per lanterne magiche, sui quali le Potenze delle Tenebre erano dipinte come una specie di molluschi soprannaturali, con facce umane. Nell'accentuare l'immagine dei Giganti, aveva completamente sperperato un piccolo capitale; e sebbene non fosse lui stesso il pittore, poteva indicare con un pezzo di gesso, per l'ammaestramento dei suoi artisti, una certa occhiatina obliqua per le sembianze di quei mostri, che era certo avrebbe distrutto la tranquillità mentale di qualsiasi giovane gentiluomo tra i sei e gli undici anni, per l'intero periodo delle vacanze di Natale o di Ferragosto.

[22] I *Jacks in Boxes* sono giocattoli a molla che saltano fuori da una scatola.

[23] I *Turnblers* sono figure di giocattoli acrobatici.

Ciò che era nel fare i giocattoli, egli era (come sono moltissimi uomini) nelle altre cose. Potrete facilmente supporre, pertanto, che all'interno del grande tabarro verde, che gli arrivava giù fino ai polpacci, c'era abbottonato su, fino al mento, un individuo singolarmente simpatico; e che era pressappoco un tale spirito eletto, e una così gradevole compagnia, come mai si sia vista in un paio di stivali somiglianti a teste di toro con punte di color mogano.

Eppure, Tackleton il giocattolaio stava per sposarsi. Nonostante tutto ciò, stava per sposarsi. E in più con una moglie giovane, una moglie giovane e bella.

Non assomigliava molto a uno sposo, mentre stava in piedi nella cucina del Corriere, con una smorfia sulla faccia asciutta e una torsione del capo, e il cappello tirato sulla gobba del naso, e le mani ficcate giù in fondo alle tasche, e tutto il suo essere sarcastico e malintenzionato facente capolino da un angoletto di un piccolo occhio, come fosse l'essenza concentrata di uno stormo di corvi. Ma egli intendeva essere uno Sposo.

– Tempo tre giorni. Il prossimo giovedì. L'ultimo giorno del primo mese dell'anno. È questo il giorno delle mie nozze. – disse Tackleton.

Ho menzionato il fatto che aveva sempre un occhio completamente aperto, e uno quasi chiuso; e che l'unico occhio quasi chiuso era sempre l'occhio espressivo? Non penso di averlo già menzionato.

– È questo il giorno delle mie nozze! – disse Tackleton, facendo tintinnare alcune monete.

– Perbacco, è anche il nostro giorno di nozze! – esclamò il Corriere.

– Ah, ah! – rise Tackleton. – Strano. Siete proprio un'altra bella coppia. Proprio!

L'indignazione di Piccina a quest'affermazione sfacciata non si può descrivere. Cosa sarebbe seguito? L'immaginazione di lui avrebbe contemplato la possibilità di un altro Bimbo simile, forse. Quell'uomo era pazzo.

– Dico! Una parola con voi. – mormorò Tackleton, toccando il Corriere con il gomito e prendendolo in disparte. – Verrete al matrimonio? Siamo nella stessa barca, sapete?

– Come nella stessa barca? – chiese il Corriere.

– Una piccola differenza di età, sapete. – disse Tackleton con un'altra gomitata. – Venite a passare una serata con noi, già da prima delle nozze.

– Perché? – domandò John, stupito da quella pressante ospitalità.

– Perché? – ribatté l'altro. – Questo è un nuovo modo di accogliere un invito. Beh, per divertimento... per socievolezza, sapete, e per tutto il resto!

– Pensavo che voi non foste mai socievole. – disse John, nel suo solito modo schietto.

– Tzè! Non è di nessuna utilità non essere altrimenti che franco con voi, vedo. – disse Tackleton. – Beh, allora, la verità è che avete... una sorta di apparenza serena, come la chiama la gente che beve tè, voi e vostra moglie. Noi lo sappiamo bene, voi lo sapete, ma...

– No, noi non lo sappiamo bene, – s'interpose John, – di cosa state parlando?

– Bene! Noi *non* lo sappiamo bene, allora. – disse Tackleton. – Siamo d'accordo che non lo sappiamo. Come vi piace; che importa? Stavo dicendo che siccome avete quella sorta di apparenza, la vostra compagnia produrrà un effetto favorevole su Mrs. Tackleton. E, sebbene io non pensi che la vostra buona signora sia molto amichevole nei miei confronti, a tal proposito, pure non può evitare di essere d'accordo con me, perché c'è in lei una concisione e una familiarità di apparenze che parla sempre, persino in un caso di poca importanza. Promettete di venire?

– Avevamo organizzato di passare il nostro Anniversario di Nozze (per tutto il giorno) a casa. – disse John. – Ce lo siamo ripromesso durante questi ultimi sei mesi. Vedete, noi pensiamo che questa casa...

– Bah! Quale casa? – esclamò Tackleton. – Quattro muri e un tetto! (Ma perché non ammazzate quel Grillo? *Io* lo farei! Lo faccio sempre. Odio il loro rumore). Ci sono quattro muri e un tetto a casa mia. Venite da me!

– Ammazzate i vostri Grilli, eh? – disse John.

– Li schiaccio, signore. – ribatté l'altro piantando pesantemente il tacco sul pavimento. – Promettete di venire? È tanto nel vostro interesse quanto nel mio, sapete che le donne si persuadono l'un l'altra che sono tranquille e contente, e non potrebbero star meglio. Conosco il loro modo di fare. Qualsiasi cosa dica una donna, un'altra donna è determinata a ribadire, sempre. C'è un tale spirito di emulazione fra di loro, signore, che se vostra moglie dice a mia moglie: "Sono la donna più felice del mondo, e il mio è il miglior marito al mondo, e lo amo svisceratamente", mia moglie dirà la stessa cosa alla vostra, o di più, e quasi ci crederà.

– Avreste intenzione di dire che non lo fa, quindi? – chiese il Corriere.

– Non lo fa! – gridò Tackleton, una breve, aspra risata. – Non fa cosa?

Il Corriere aveva una qualche vaga idea di aggiungere "amarvi svisceratamente". Ma, accadendogli di incontrare l'occhio semichiuso, mentre ammiccava su di lui al di sopra del bavero rialzato del mantello, il quale lo faceva sporgere di un pelo, lo ritenne un pezzo di una parte così sgradevole di qualsiasi cosa che si dovesse amare svisceratamente, ch'egli sostituì la frase con "che lei non ci crede?"

– Ah, canaglia! State scherzando. – disse Tackleton.

Ma il Corriere, sebbene lento a percepire la piena portata di ciò che voleva dire, lo guardò in una tale maniera significativa, che fu obbligato a essere un po' più chiaro.

– Io ho il capriccio… – disse Tackleton, tenendo alzate le dita della sua mano sinistra, e battendo lievemente l'indice, per significare "qui ci sono io, vale a dire Tackleton". – Io ho il capriccio, signore, di sposare una donna giovane, e una moglie graziosa. – A questo punto picchiettò il suo dito mignolo, per simboleggiare la Sposa, non misuratamente, ma con durezza; con un senso di possesso. – Sono capace di soddisfare questo capriccio e lo faccio. È un mio desiderio. Ma… ora guardate lì!

Egli indicò dove Piccina era seduta, pensierosamente, davanti al fuoco, appoggiando il suo mento con fossetta sulla mano, e osservando la fiamma viva. Il Corriere guardò verso di lei, e quindi verso di lui, e poi lei e quindi di nuovo lui.

– Sapete, ella onora e obbedisce, senza alcun dubbio. – disse Tackleton. – E questo, poiché io non sono un uomo sentimentale, è perfettamente sufficiente per *me*. Ma pensate che ci sia in lei qualcosa di più di questo?

– Io penso, – osservò il Corriere, – che butterei fuori dalla finestra qualsiasi uomo che dicesse che non ci sia.

– Proprio così. – ribatté l'altro con un'inconsueta alacrità di consenso. – Sicuro! Senza dubbio lo fareste. Naturalmente. Ne sono certo. Buona notte. Sogni d'oro!

Il Corriere era perplesso, e reso inquieto e insicuro suo malgrado. Non poté fare a meno di dimostrarlo, secondo il suo solito modo di fare.

– Buona notte, mio caro amico! – disse Tackleton, compassionevolmente. – Vado via. In realtà, siamo esattamente uguali, vedo. Non ci accordate la serata di domani? Bene. Il giorno successivo andate a fare visite, lo so. Vi incontrerò lì, e porterò la mia futura moglie. Le farà bene. Siete d'accordo? Grazie. E questo cos'è?

Era un acuto grido proveniente dalla moglie del Corriere: un urlo squillante, acuto, improvviso, che fece risuonare la stanza, come un vaso di vetro. Si era alzata dalla sedia e stava immobile come una persona paralizzata dal terrore e dalla sorpresa. Lo Straniero era avanzato verso il fuoco per riscaldarsi, e stava alla distanza di un passo dalla sedia di lei. Ma perfettamente immobile.

– Piccina! – gridò il Corriere – Mary! Cara! Che succede?

In un momento erano tutti attorno a lei. Caleb, che era stato a sonnecchiare sulla scatola della torta, nel primo risveglio imperfetto della sua coscienza sospesa, afferrò Miss Slowboy per i capelli, ma si scusò immediatamente.

– Mary! – esclamò il Corriere, sostenendola fra le sue braccia. – State male! Che c'è? Parlatemi, cara!

Ella rispose soltanto con il battere le mani, e abbandonandosi a un selvaggio attacco di risa. Quindi, cadendo dal suo abbraccio sul pavimento, si coprì la faccia con il grembiule, e pianse tristemente. E quindi rise di nuovo, e di nuovo pianse, e quindi disse che faceva freddo, e lasciò che egli la portasse vicino al fuoco, dove sedette come prima. Mentre il vecchio, come prima, stava completamente immobile.

– Sto meglio, John. – disse lei. – Sono completamente a posto adesso... io...

"John!" Ma John stava dall'altro lato rispetto a lei. Perché girare la faccia verso lo strano vecchio gentiluomo, come se si riferisse a lui! La sua mente stava delirando?

– Solo un'illusione, John caro... una specie di scossa... un qualcosa che mi è venuta improvvisamente davanti agli occhi... non so cosa fosse. È completamente passata, completamente passata.

– Sono lieto che sia passata. – mormorò Tackleton, facendo girare l'occhio espressivo intorno, per tutta la stanza. – Mi chiedo dove sia andata e che cosa fosse. Uff! Caleb, vieni qua! Chi è quello con i capelli grigi?

– Non so, signore. – ribatté Caleb con un bisbiglio. – Mai visto prima in tutta la mia vita. Una bella figura per uno schiaccianoci, un modello assolutamente nuovo. Con una ganascia a vite che si apre giù, all'interno del panciotto, sarebbe delizioso.

– Non è brutto abbastanza. – disse Tackleton.

– O per un accendifuoco, anche. – osservò Caleb, in profonda contemplazione. – Che modello! Sviti la testa per metterci dentro i fiammiferi; lo giri con i tacchi in su per la fiamma; e che accendifuoco per il caminetto di un gentiluomo sarebbe, proprio come sta adesso!

– Non è brutto abbastanza, nemmeno la metà. – disse Tackleton. – No, per niente! Vieni! Porta quella scatola! Tutto a posto adesso, spero?

– Oh, completamente a posto! Completamente a posto! – disse la donnina, facendogli frettolosamente cenno di allontanarsi. – Buona notte!

– Buona notte. – disse Tackleton. – Buona notte, John Peerybingle! Fai attenzione a come porti quella scatola, Caleb. Lasciala cadere, e ti ucciderò! Buio come la pece, e il tempo è peggio che mai, eh? Buona notte!

Così, con un'altra occhiata penetrante in giro per la stanza, uscì dalla porta; seguito da Caleb con la torta nuziale sulla testa.

Il Corriere era rimasto così sbalordito dalla sua piccola moglie, e così attivamente impegnato nel calmarla e occuparsi di lei, che era stato scarsamente conscio della presenza dello Straniero, fino a quel momento, quando egli stette di nuovo lì, come loro unico ospite.

– Vedete, lui non era per loro. – disse John. – Devo fargli cenno di andarsene.

– Vi chiedo perdono, amico – disse il vecchio gentiluomo, avanzando verso di lui, – tanto più che temo che vostra moglie non si sia sentita bene, ma non essendo arrivato l'Accompagnatore che la mia infermità – si toccò le orecchie e scosse la testa, – rende pressoché indispensabile, temo che ci debba essere qualche errore. La cattiva notte che mi ha reso il ricovero del suo confortevole carro così gradito (possa io non averne mai una peggiore!), è ancora più cattiva. Volete, nella vostra gentilezza, permettermi di prendere in affitto qui un letto?

– Sì, sì. – gridò Piccina. – Sì! Certamente!

– Oh! – disse il Corriere, sorpreso dalla rapidità di questo consenso. – Bene! Non mi oppongo, ma ancora non sono completamente sicuro che...

– Zitto! – lo interruppe lei. – Caro John.

– Beh! È sordo come una campana. – insistette John.

– So che è così, ma… Sì, signore, certamente. Sì! Certamente! Gli preparerò immediatamente un letto, John.

Mentre ella usciva in fretta per far questo, l'eccitazione del suo stato d'animo e l'agitazione del suo comportamento erano così strane, che il Corriere rimase a seguirla con lo sguardo, completamente confuso.

– Allora le sue mamme gli preparano i Letti! – urlò Miss Slowboy al Bambino. – E i capelli gli sono proprio diventati bruni e ricciuti, quando sono stati sfilati i berretti, e gli fanno paura, certi cari Animaletti, seduti vicino ai fuochi![24]

Con quell'inspiegabile attrazione della mente per le sciocchezze, che è spesso connesso a uno stato di dubbio e confusione, il Corriere, mentre camminava lentamente avanti e indietro, si ritrovò a ripetere mentalmente, per molte volte, proprio quelle assurde parole. Per così tante volte, che le imparò a memoria, e le stava ancora ripassando e ripassando, come una lezione, quando Tilly, dopo aver somministrato con il palmo della mano tanto massaggio alla testolina calva quanto ella pensava fosse salutare (secondo l'usanza delle balie), aveva un'altra volta allacciato la cuffietta del Bambino.

– E gli fanno paura, certi cari Animaletti, seduti vicino ai fuochi. Cosa ha spaventato Piccina, mi domando! – rifletté tra sé il Corriere, camminando avanti e indietro.

Respingeva, nel proprio cuore, le insinuazioni del Giocattolaio, eppure esse lo riempivano di un vago indefinito

[24] La bambinaia, come in precedenza, usa il plurale per il singolare.

disagio. Perché Tackleton era svelto e scaltro, ed egli aveva quella sgradevole sensazione di essere, personalmente, un uomo di lenta comprensione, che un cenno incompleto preoccupava sempre. Non aveva certo intenzione di collegare qualcosa che avesse detto Tackleton con l'insolita condotta di sua moglie, ma i due argomenti di riflessione si impossessarono insieme della sua mente, e non poté tenerli separati.

Il letto fu reso presto disponibile, e l'ospite, declinando ogni rinfresco tranne una tazza di tè, si ritirò. Allora Piccina – di nuovo completamente a posto, disse, di nuovo completamente a posto –, preparò la sedia grande nell'angolo del camino per suo marito, riempì la sua pipa e gliela diede, e pose il suo solito sgabellino di fianco a lui, presso il focolare.

Ella *voleva* sempre sedersi su quel piccolo sgabello. Penso che debba aver avuto una specie di ghiribizzo nel ritenere che quello fosse un invitante e allettante sgabellino.

Era, in assoluto, la migliore riempitrice di pipa, direi, dei quattro quarti del globo. Vederla infilare quel ditino paffuto nel fornello, e quindi sbattere la pipa per pulirne il tubo, e una volta fatto questo, simulare di pensare che ci sia veramente qualcosa nel tubo, e sbatterla una dozzina di volte, e portarla all'occhio come un telescopio, con una smorfia provocantissima sulla sua graziosa faccetta, mentre vi guardava dentro, era proprio una cosa splendida. Quanto al tabacco, era perfettamente padrona della materia, e il suo accendere la pipa, con un pezzetto di carta, mentre il Corriere la teneva in bocca – andando così tanto vicina al naso di lui, eppure senza bruciacchiarlo – era Arte, pura Arte.

E il Grillo e il ramino, saltando fuori nuovamente, lo riconobbero! Il fuoco vivace, divampando di nuovo, lo riconobbe! Il piccolo Falciatore sull'orologio, con il suo lavoro inosservato, lo riconobbe! Il Corriere, con la fronte spianata e la faccia distesa, lo riconobbe, primo fra tutti.

E mentre egli tirava solennemente e pensierosamente dalla sua vecchia pipa, e mentre l'orologio olandese ticchettava, e mentre il fuoco rosso balenava, e mentre il Grillo trillava, quel Genio del suo Focolare e della Casa (perché tale era il Grillo) apparve, in sembianza fatata, in mezzo alla stanza, e chiamò a raccolta molte immagini della Casa intorno a lui. Piccine di tutte le età, e di tutte le dimensioni, riempirono la camera. Piccine che erano bambine felici correre verso di lui raccogliendo fiori nei campi; Piccine ritrose, metà riluttanti, metà arrendevoli, alla dichiarazione d'amore della propria rozza immagine; Piccine sposate da poco, scendere sulla porta, e stupite prendere possesso delle chiavi di casa; piccole materne Piccine, assistite da Slowboy fittizie, reggere bambini per farli battezzare; Piccine matronali, ancora giovani e fiorenti, osservare Piccine figliolette, mentre danzavano in balli contadini; grasse Piccine, circondate e assediate da frotte di nipoti rubicondi; Piccine sfiorite, che si appoggiavano a bastoni, e vacillavano mentre si muovevano lentamente. Apparvero anche vecchi Corrieri con vecchi Boxer ciechi distesi ai loro piedi, e carri più nuovi con conducenti più giovani ("Fratelli Peerybingle" scritto sul tendone); e vecchi Corrieri malati, assistiti da amorevoli mani; e tombe di vecchi Corrieri morti e passati, verdi nel giardino della chiesa. E mentre il Grillo gli mostrava tutte queste cose – le vedeva chiaramente, sebbene i suoi occhi fossero fissi sul fuoco – il cuore del Corriere divenne leggero e felice, e ringraziò le sue Divinità Domestiche con tutto se stesso; e non si preoccupò di Gruff e Tackleton più di quanto facciate voi.

Ma cos'era quella figura di giovane uomo, che il medesimo Grillo Fatato aveva posto così vicino allo sgabello di Lei, e che rimaneva lì, appartata e sola? Perché indugiava ancora, così vicino a lei, con il braccio sulla mensola del camino, ripetendo sempre: "Sposata! E non con me!"

O Piccina! O Piccina manchevole! Non c'è spazio per essa in tutte le visioni di tuo marito; perché la sua ombra è caduta sul suo focolare!?

TRILLO SECONDO

Caleb Plummer e sua Figlia Cieca vivevano tutti soli soletti, come dicono i Libri di storielle per bambini – e la mia benedizione, con la vostra a supportarla, spero, vada ai Libri di storielle, per il fatto che almeno dicono qualcosa in questo mondo monotono! – Caleb Plummer e sua Figlia Cieca vivevano tutti soli soletti, in un piccolo guscio di noce spaccato di una casa di legno, che era, in verità, non migliore di un foruncolo sul naso pronunciato color rosso mattone di Gruff e Tackleton. Il fabbricato di Gruff e Tackleton era la grande attrazione della strada, ma l'abitazione di Caleb Plummer si sarebbe potuta demolire con un colpo di martello o due, e portarne via i pezzi con un carretto.

Se qualcuno, dopo una simile incursione, avesse fatto all'edificio di residenza di Caleb Plummer l'onore di accorgersi della sua assenza, sarebbe stato, senza dubbio, per definire la sua demolizione come un enorme miglioramento. Aderiva al fabbricato di Gruff e Tackleton come un cirripede[1] alla chiglia di una nave, o una lumaca a una porta, o come un gruppetto di funghi velenosi al fusto di un albero. Ma esso era il germoglio da cui il tronco cresciuto di Gruff e Tackleton era spuntato, e sotto il suo tetto traballante, il penultimo dei Gruff aveva, nel suo piccolo, fabbricato giocattoli per una generazione di bambini e bambine ormai

---

[1] Crostaceo con il corpo munito di piastre calcaree e di appendici a forma di cirri.

vecchi, che avevano giocato con essi, avevano scoperto come erano fatti, li avevano frantumati, e se n'erano andati a letto.

Ho detto che Caleb e la sua povera Figlia Cieca vivevano lì. Avrei dovuto dire che Caleb viveva lì, e la sua povera Figlia Cieca da qualche altra parte... in una casa incantata arredata da Caleb, dove la ristrettezza e la miseria non esistevano, e l'affanno non entrava mai. Caleb non era un mago, ma la Natura era stata la maestra del suo studio, nell'unica arte magica che ancora ci rimane, la magia dell'amore devoto, senza fine; e dal suo insegnamento venne tutto il prodigio.

La Ragazza Cieca non aveva mai saputo che la soffittatura era scolorita, le pareti macchiate e prive di intonaco qua e là, che c'erano grandi crepe mai otturate che si allargavano di giorno in giorno, travi che si sbriciolavano e che si inclinavano verso il basso. La Ragazza Cieca non aveva mai saputo che il ferro arrugginiva, il legno imputridiva, la tappezzeria si scollava; la dimensione, la forma e la reale proporzione dell'abitazione andavano deteriorandosi. La Ragazza Cieca non aveva mai saputo che sulla tavola vi erano orribili figure di maiolica e terracotta, che in casa albergavano la tristezza e lo sconforto, che i pochi capelli di Caleb stavano diventando più grigi e sempre più grigi, davanti al suo viso senza vista. La Ragazza Cieca non aveva mai saputo che avevano un padrone, freddo, esigente e indifferente... non aveva mai saputo che Tackleton era Tackleton per farla breve; ma viveva nella convinzione che lui fosse un eccentrico umorista che amava far loro scherzi e che, mentre era l'Angelo Custode della loro vita, disdegnava di sentire una sola parola di gratitudine.

E tutto era opera di Caleb; tutto opera del suo umile padre! Ma anch'egli aveva un Grillo nel suo Focolare, e ascoltando tristemente la sua musica quando la Bimba Cieca senza madre era molto piccola, quello Spirito gli aveva dato coraggio con il pensiero che persino la grande privazione di lei potesse essere tramutata quasi in una benedizione, e la ragazza fatta felice con questi modesti mezzi. Poiché tutta la genìa dei Grilli è composta da Spiriti possenti, anche se la gente che intrattiene una conversazione con loro non lo sa (come spesso accade); e non ci sono, nel mondo dell'invisibile, voci più gentili e più sincere, sulle quali si possa fare così incondizionatamente affidamento, e che siano così certe nel non dar altro che il più sollecito consiglio, come le Voci nelle quali gli Spiriti del Focolare Domestico si manifestano al genere umano.

Caleb e sua figlia stavano lavorando insieme nella loro solita stanza da lavoro, che serviva loro al tempo stesso come consueta stanza da soggiorno, ed era uno strano posto. C'erano case, finite e da finire, per Bambole di tutte le posizioni sociali. Poderi suburbani per Bambole di mezzi modesti; cucine e appartamenti singoli per Bambole delle classi più povere; residenze nella capitale per Bambole di alta estrazione. Alcune di queste case erano già ammobiliate secondo preventivo, con un'occhiata di riguardo per le Bambole di entrate limitate; altre potevano essere arredate nella misura più costosa, con un breve preavviso, da interi scaffali di sedie e tavoli, divani, letti a baldacchino e tappezzerie. La nobiltà e la gente di buona famiglia, e il pubblico in generale, per la cui sistemazione questi poderi erano stati progettati, giacevano, qua e là, in cestini, fissando dritto in su verso il soffitto; ma nel denotare le loro condizioni sociali, e nel confinarli nelle loro relative posizioni (quale l'esperienza insegna essere deprecabilmente difficile nella vita reale), i costruttori di queste Bambole avevano di gran lunga superato la Natura, che è spesso ostinata e testarda; poiché essi, non basandosi su marcature così arbitrarie come il raso,[2] il cotone stampato, o i pezzettini di stracci, avevano in più aggiunto lampanti differenze del corpo che non tolleravano errori di sorta. Così, la Bambola signora di classe aveva membra di cera di simmetria perfetta; ma solo lei e le sue pari. Lo scalino successivo nella scala sociale era fatto di cuoio, e il successivo di ruvido panno di tela. Quanto alle persone comuni, esse avevano soltanto tante stecche di fiammiferi tolti dalle scatole, per quante braccia e gambe avevano, e lì restavano... collocate nelle loro sfere una volta per tutte, al di sopra di ogni possibilità di venirne fuori.

Vi erano vari altri esempi del proprio artigianato, oltre alle Bambole, nella stanza di Caleb Plummer. C'erano Arche di Noè, nelle quali gli Uccelli e le Bestie stavano notevolmente stretti, vi assicuro; sebbene essi potessero esservi stipati dentro, in qualche modo, sotto il tetto, e scossi e agitati nel più piccolo spazio. Con un'audace licenza poetica, moltissime di queste Arche di Noè avevano i batacchi sulle porte; appendici contraddittorie, forse, poiché indicatrici di visitatori mattutini e di un Postino, tuttavia una gradevole rifinitura per l'esterno della costruzione. C'erano tanti piccoli carri malinconici che, quando si giravano le ruote, eseguivano una musica estremamente dolente. Molti pic-

---

[2] Nel testo inglese *satin*.

coli violini, tamburi e altri strumenti di tortura, una distesa sconfinata di cannoni, spade, lance, scudi e pistole. C'erano piccoli misirizzi in brache rosse, che si inerpicavano incessantemente su alti ostacoli di filo rosso, e venivano giù, per prima la testa, dall'altra parte; e c'erano innumerevoli vecchi gentiluomini di rispettabile, per non dire venerabile, aspetto, che follemente scavalcavano di corsa pioli orizzontali, inseriti, per lo scopo, nelle loro stesse porte d'ingresso. C'erano bestie di ogni sorta; cavalli, specialmente, di ogni razza, dal barilotto pezzato su quattro gambe di legno, con una piccola stola per criniera, al dondolo purosangue con la sua caratteristica indole impetuosissima. Come sarebbe stato difficile contare le dozzine e dozzine di figure grottesche che erano sempre pronte a commettere ogni sorta di assurdità con il solo girare di una manopola, così non sarebbe stato un compito facile menzionare una qualche follia, o vizio, o malattia, che non avesse il suo esempio, immediato o remoto, nella stanza di Caleb Plummer. E non in forma esagerata, poiché piccolissime manopole inevitabilmente muovono uomini e donne a fare azioni così strane, che mai nessun Giocattolo fu predisposto a svolgere.

Nel mezzo di tutti questi oggetti, Caleb e sua figlia sedevano al lavoro. La Ragazza Cieca impegnata come sarta per Bambole, Caleb dipingendo e verniciando la facciata a quattro file di due colonne di un desiderabile palazzo di famiglia.

La preoccupazione impressa sulle rughe della faccia di Caleb, e il suo atteggiamento assorto e sognante, che si sarebbe adattato bene a qualche alchimista o a qualche oscuro studioso, erano a prima vista in strano contrasto con la sua attività e le frivolezze che gli stavano attorno. Ma le cose frivole, inventate e praticate per procurarsi il pane, diventano dati di fatto molto seri e, a prescindere da questa considerazione, non sono, da parte mia, completamente disposto ad asserire, che se Caleb fosse stato un Lord Ciambellano o un Membro del Parlamento o un avvocato o persino un grande speculatore, avrebbe avuto a che fare con giocattoli un briciolo meno stravaganti, mentre dubito fortemente che essi sarebbero stati altrettanto innocui.

– Così ieri notte siete stato sotto la pioggia, padre, nel vostro bel cappotto nuovo. – disse la figlia di Caleb.

– Nel mio bel cappotto nuovo. – rispose Caleb, lanciando un'occhiata verso una corda del bucato nella stanza, sulla quale l'indumento di tela di sacco precedentemente descritto era accuratamente appeso ad asciugare.

– Come sono felice che l'abbiate comprato, padre!

– E da un simile sarto, poi. – disse Caleb. – Proprio un sarto alla moda. È troppo bello per me.

La Ragazza Cieca interruppe il suo lavoro e rise con gioia.

– Troppo bello, padre! Che cosa può essere troppo bello per voi?

– Però mi vergogno un po' a indossarlo, – disse Caleb, osservando l'effetto di ciò che diceva sul viso di lei che si faceva più allegro, – parola mia! Quando sento i ragazzini e la gente dire dietro di me: "Ehilà! Ecco un elegantone!", non so da che parte guardare. E quando ieri notte un mendicante non voleva andar via, e quando ho detto che ero un uomo molto ordinario e mi ha risposto: "No, vostro Onore! Dio benedica vostro Onore, non dite questo!", avevo proprio vergogna. Mi sono realmente sentito come se non avessi il diritto di indossarlo.

Felice Ragazza Cieca! Com'era lieta, nella sua esultanza!

– Vi vedo, padre, – disse lei, congiungendo le mani, – così chiaramente come se avessi gli occhi che non desidero mai quando siete con me. Un cappotto blu...

– Blu chiaro. – disse Caleb.

– Sì, sì! Blu chiaro! – esclamò la ragazza, rivolgendo in alto il suo viso radioso. – Il colore che posso appena ricordare nel cielo benedetto! Prima mi avevate detto che era blu! Un cappotto blu chiaro.

– Lasciato largo sul corpo. – suggerì Caleb.

– Lasciato largo sul corpo! – gridò la Ragazza Cieca, ridendo di cuore. – E dentro di esso, voi, caro padre, con il vostro sguardo allegro, il vostro viso sorridente, il vostro passo svelto e i vostri capelli scuri, che sembrate così giovane e bello!

– Ehilà! Ehilà! – disse Caleb. – Tra poco diventerò vanitoso!

– Penso che lo siate già. – esclamò la Ragazza Cieca, puntando il dito verso di lui con la sua allegria. – Vi conosco padre! Ah, ah, ah! Vi ho scoperto, vedete!

Com'era diversa l'immagine nella mente di lei dal Caleb che stava seduto a osservarla! Ella aveva parlato del passo svelto di lui. In questo aveva ragione. Per anni e anni, egli non aveva nemmeno una volta varcato quella soglia con la propria andatura lenta, ma con un passo contraffatto per l'udito di lei, e mai aveva dimenticato, anche quando il suo cuore era greve nella più alta misura, il passo leggero che doveva rendere quelli di lei così sicuri e coraggiosi!

Il Cielo solo lo sa! Ma io penso che l'incerto disorientamento del comportamento di Caleb possa aver avuto origine per metà dal suo essersi confuso circa la propria identità e quella delle cose intorno a lui, per amore della sua Figliola Cieca. Come avrebbe potuto essere se non scombussolato, dopo aver lavorato per così tanti anni a distruggere la propria essenza e quella di tutti gli oggetti che avessero un qualche rapporto con essa!

– Eccoci qui, – disse Caleb, indietreggiando di un passo o due per poter usufruire del migliore apprezzamento della sua opera; – tanto vicini alla realtà quanto lo sia una cosa che si può comprare con sei monetine da mezzo penny l'una, a una che costa sei pennies.[3] Che peccato che l'intera facciata della casa si apra tutta in una volta! Ora, se soltanto ci fosse una scala, e porte autentiche per poter entrare nelle stanze! Ma è questa la cosa peggiore del mio mestiere, sto sempre a illudermi e a ingannarmi.

– State parlando piuttosto lentamente. Non siete stanco, padre?

– Stanco! – fece eco Caleb con un grande scoppio di vivacità. – Cosa potrebbe stancarmi, Bertha? *Io* non sono mai stanco. Che significa?

Per dare maggior forza alle sue parole, si sforzò nell'imitare involontariamente due figure a mezzo busto che si stiracchiavano e sbadigliavano sulla mensola del camino, ed erano rappresentate come in un eterno stato di spossatezza

---

[3] *Sixpence*, come già segnalato, equivalgono a un mezzo scellino.

dalla vita in su; e canticchiò a bocca chiusa il motivo di una canzone. Era una Canzone Bacchica,[4] qualcosa su un Calice Spumeggiante. La cantò con una presunta voce alla chi diavolo se ne importa, che rese la sua faccia mille volte più magra e pensierosa che mai.

– Che! Stavi cantando, vero? – disse Tackleton, infilando la testa attraverso la porta. – Continua! *Io* non so cantare.

Nessuno avrebbe sospettato il contrario. Non possedeva ciò che generalmente viene definita una faccia canterina, proprio per niente.

– Non posso permettermi di cantare. – disse Tackleton. – Sono lieto che *tu* possa farlo. Spero che possa anche permetterti di lavorare. Dovrei pensare che difficilmente c'è tempo per entrambe le cose?

– Se potessi soltanto vederlo, Bertha, come mi sta facendo l'occhiolino! – sussurrò Caleb. – Un uomo simile che scherza! Se non lo conoscessi, potresti pensare che stia facendo sul serio, vero?

La Ragazza Cieca sorrise e annuì.

– Dicono che l'uccello che può cantare e non lo vuole, dovrebbe essere costretto a farlo. – borbottò Tackleton. – Che dire del gufo che non può cantare, e non dovrebbe cantare, e vuole cantare; c'è qualcos'altro che *lui*[5] dovrebbe essere costretto a fare?

---

[4] Una canzone da osteria che si canta mentre si beve, essendo Bacco il dio del vino.

[5] «Lui» traduce la parola inglese *he*, che si riferisce a persona, e non *it* che dovrebbe essere usato per riferirsi al gufo: quindi è evidente che Tackleton si stia riferendo a Caleb con un sottile gioco di accostamenti.

– Il modo in cui sta facendo l'occhiolino in questo momento! – sussurrò Caleb a sua figlia. – O mio Dio!

– Sempre allegro e spensierato con noi! – esclamò la sorridente Bertha.

– Oh, siete qui, vero? – rispose Tackleton. – Povera Idiota!

Egli credeva realmente ch'ella fosse un'Idiota, e fondava il suo giudizio, non posso dire se consciamente oppure no, sul fatto che lei gli si era affezionata.

– Beh! E visto che siete qui... come state? – disse Tackleton, nella sua solita maniera riluttante.

– Oh! Bene, proprio bene. E felice ancor più di quanto voi possiate augurarmi di essere. Tanto felice quanto voi fareste il mondo intero, se poteste!

– Povera Idiota! – mormorò Tackleton. – Neanche un barlume di ragione. Neanche un barlume!

La Ragazza Cieca prese la mano di lui e la baciò, la tenne per un momento fra le sue mani, e appoggiò la guancia contro di essa teneramente, prima di rilasciarla. Vi era un tale indicibile affetto e una gratitudine così intensa nell'atto, che Tackleton stesso fu indotto a dire, con un brontolio più mite del solito:

– Cosa c'è adesso?

– L'ho messo al lato del mio cuscino, quando sono andata a dormire, ieri notte, e l'ho ricordato nei miei sogni. E quando è spuntato il giorno, il rosso sole glorioso... il sole *rosso*, padre?

– Rosso al mattino e alla sera, Bertha. – disse il povero Caleb, con uno sguardo afflitto, al suo datore di lavoro.

– Quando è sorto, e quando il fulgore, che ho quasi paura mi sbatta contro mentre cammino, è entrato nella stanza, ho rivolto il vaso con la piantina verso di esso, e ho benedetto il Cielo per aver fatto cose così preziose, e benedetto voi per averle mandate a rallegrarmi!

– Bedlam[6] si è scatenato! – disse Tackleton sottovoce. – Presto arriveremo alla camicia di forza e ai bavagli. Ci stiamo arrivando!

Caleb, con le mani leggermente incurvate l'una nell'altra, fissava il vuoto davanti a lui, mentre sua figlia parlava, come se egli fosse veramente incerto (io credo che lo fosse) se Tackleton avesse fatto qualcosa per meritare i ringraziamenti di lei, oppure no. Se egli avesse potuto essere una persona perfettamente libera di agire a proprio piacere, in quel momento obbligato, pena la morte, a prendere a calci il Giocattolaio, o cadere ai suoi piedi, secondo i meriti di questi, credo che ci sarebbe stata una probabilità uguale per qualsiasi scelta egli avrebbe preso. Eppure Caleb sapeva che con le sue stesse mani aveva portato a casa, con così tanta cura, la piantina di rose per lei, e che con le sue stesse labbra aveva forgiato l'innocente inganno che sarebbe servito a impedirle di sospettare, quanto, quanto realmente, ogni giorno si sacrificasse, affinché lei potesse essere la più felice fra loro due.

– Bertha! – disse Tackleton, simulando, per l'occasione, un po' di cordialità. – Venite qui.

– Oh! Posso venire direttamente da voi! Non c'è bisogno di guidarmi! – replicò lei.

---

[6] Si tratta di un manicomio di Londra, il cui nome, per l'esattezza *Bethlehem*, deriva dalla prioria di Santa Maria di Betlemme a Londra, poi trasformato in ospedale per malati di mente. È citato con la stessa forma, Bedlam, nella prima strofa di *A Christmas Carol* (1843).

– Volete che vi confidi un segreto, Bertha?

– Se lo desiderate! – rispose lei, trepidante.

Com'era radioso quel viso oscurato! Com'era adorna di luce la testa in ascolto!

– Oggi è il giorno in cui quella come-si-chiama, la bambina viziata, la moglie di Peerybingle, vi fa la sua solita visita, fa qui il suo fantastico Pic-nic, vero? – disse Tackleton, con un'intensa espressione di disgusto per l'intera faccenda.

– Sì, – replicò Bertha – il giorno è questo.

– Mi pareva. – disse Tackleton. – Mi piacerebbe partecipare alla festa.

– Avete sentito, padre! – esclamò la Ragazza Cieca in estasi.

– Sì, sì, ho sentito, – mormorò Caleb, con lo sguardo fisso di un sonnambulo, – ma non ci credo. È una delle mie bugie, non ho dubbi.

– Vedete io… io voglio portare i Peerybingle un po' più a contatto con May Fielding – disse Tackleton. – Sto per sposarmi con May.

– Sposarsi! – gridò la Ragazza Cieca, allontanandosi da lui.

– È una tale maledetta Idiota, – mormorò Tackleton, – che temo non riesca mai a comprendermi. Ah, Bertha! Sposarmi! Chiesa, pastore, chierico, sagrestano, carrozza a vetri, campane, rinfresco, torta della sposa, doni, tibie, mannaie,[7] e tutto il resto di questa scemenza. Un matrimo-

---

[7] *Marrow-bones and cleavers* «ossa larghe e mannaie del macellaio», usate per fare della rozza musica durante i ricevimenti.

nio, capite, un matrimonio. Non lo sapete cos'è un matrimonio?

– Lo so. – replicò la Ragazza Cieca, in tono gentile. –
Capisco.

– Capite? – mormorò Tackleton. – È più di quanto
mi sarei potuto aspettare. Beh! Per questo motivo voglio
partecipare alla festa, e portare May e sua madre. Man-
derò qualcosa, prima di pomeriggio. Un cosciotto freddo
di montone, o qualche cosuccia adeguata del genere. Mi
aspetterete?

– Sì. – rispose lei.

Ella aveva chinato il capo e l'aveva girato dall'altra parte,
e così restò immobile, con le mani incrociate, assorta.

– Non penso che lo farete. – mormorò Tackleton, guardandola. – Sembra che lo abbiate già dimenticato. Caleb!

– Posso azzardarmi a dire di essere qui, suppongo. –
pensò Caleb; – Signore!

– Fai attenzione che non dimentichi ciò che le ho detto
finora.

– *Lei* non dimentica mai. – ribatté Caleb. – È una delle
poche cose in cui non sia brava.

– Ogni uomo pensa che le proprie oche siano cigni! –
osservò il Giocattolaio con un'alzata di spalle. – Povero
diavolo!

Avendo espresso, con infinito disprezzo, tale sentenza, il
vecchio Gruff e Tackleton si ritirò.

Bertha rimase dov'egli l'aveva lasciata, persa in meditazione. L'allegria era scomparsa dal suo viso abbattuto, ed
era molto triste. Tre o quattro volte scosse la testa, come
se stesse rimpiangendo qualcosa che ricordava o che aveva

perso, ma le riflessioni malinconiche non trovarono sfogo nelle parole.

Non fu prima che Caleb fosse stato impegnato, per qualche tempo, nell'aggiogare un tiro di cavalli a un carro con il metodo sbrigativo di inchiodare la bardatura alle parti vitali dei loro corpi, che ella si avvicinò al panchetto da lavoro di lui, e, sedendosi al suo fianco, disse:

– Padre, sono sola nell'oscurità. Voglio i miei occhi, i miei occhi pazienti e solleciti.

– Eccoli qui. – disse Caleb. – Sempre pronti. Sono più tuoi che miei, Bertha, a qualsiasi ora del giorno. Che cosa desideri che i tuoi occhi facciano per te, cara?

– Guardate in giro per la stanza, padre.

– D'accordo. – disse Caleb. – Detto fatto, Bertha.

– Parlatemene.

– È più o meno la stessa di sempre. – disse Caleb. – Semplice, ma molto accogliente. I colori vivaci sulle pareti, i fiori luccicanti sui piatti e sulle stoviglie, il legno lucido, dove ci sono travi o pannelli, la solita allegria e il solito ordine dell'ambiente la rendono molto graziosa.

Allegra e ordinata lo era dovunque le mani di Bertha potevano darsi da fare. Ma da nessun'altra parte erano possibili l'allegria e l'ordine, nel vecchio magazzino traballante che la fantasia di Caleb trasformava in questo modo.

– Avete addosso il vostro vestito da lavoro e non siete così elegante come quando indossate il vostro bel cappotto? – disse Bertha toccandolo.

– Non proprio così elegante, – rispose Caleb, – sebbene sia discretamente gagliardo.

– Padre, – disse la Ragazza Cieca, avvicinandosi al suo fianco e gettandogli un braccio attorno al collo, – ditemi qualcosa di May. È molto bella?

– Lo è davvero. – disse Caleb. E lo era veramente. Era assolutamente una cosa rara per Caleb non dover ricorrere alla sua inventiva.

– I suoi capelli sono scuri, – disse Bertha, pensosamente, – più scuri dei miei. La sua voce è più dolce e musicale, lo so. Spesso l'ho ascoltata con piacere. La sua figura…

– In tutta la stanza non c'è una Bambola che le sia pari, – disse Caleb, – e i suoi occhi!…

Si fermò, poiché Bertha si era stretta ancor di più intorno al suo collo, e, dal braccio che si aggrappava a lui, venne una pressione di ammonimento che lui comprendeva anche troppo bene.

Tossì per un attimo, sbatté con il martello sempre per un attimo, e quindi ricadde sulla canzone del calice spumeggiante; la sua risorsa infallibile in tutti i momenti difficili di questo tipo.

– Il nostro amico, padre, il nostro benefattore. Lo sapete, non sono mai stanca di sentir parlare di lui… Allora, lo sono mai stata? – disse lei precipitosamente.

– Naturalmente no, – rispose Caleb, – e a ragione.

– Ah! Con quanta ragione! – esclamò la Ragazza Cieca. Con un tale fervore, che Caleb, sebbene i suoi motivi fossero tanto puri, non poté sopportare di incontrare il suo viso; ma abbassò gli occhi, come se ella avesse potuto leggervi il suo innocente inganno.

– Allora, parlatemi ancora di lui, caro padre. – disse Berta. – Molte volte ancora! La sua espressione è bene-

vola, gentile, tenera. Onesta e sincera, sono sicura che lo
è. Il cuore virile che cerca di mascherare tutte le cortesie
con un'ostentazione di rudezza e contrarietà batte in ogni
sguardo e in ogni sembianza.

– E la rende nobile. – aggiunse Caleb, nella sua muta
disperazione.

– E la rende nobile! – esclamò la Ragazza Cieca. – Egli è
più vecchio di May, padre.

– Si-ì. – disse Caleb con riluttanza. – È un po' più vecchio di May. Ma questo non vuol dire.

– Oh, padre, sì! Essere la sua paziente compagna nell'infermità e nella vecchiaia; essere la sua gentile infermiera
nella malattia, e la sua amica fedele nella sofferenza e nel
dolore; non conoscere fatica nel lavorare per amor suo; at-
tenderlo, accudirlo, sedere accanto al suo letto e parlargli
da sveglio, e pregare per lui quando dorme. Che privilegi
sarebbero questi! Che opportunità per dimostrargli tutta
la propria fedeltà e devozione! Ella farebbe tutto questo,
caro padre?

– Su questo non c'è dubbio. – disse Caleb.

– Io la amo, padre, posso amarla dal profondo della
mia anima! – esclamò la Ragazza Cieca. E dicendo questo
appoggiò il suo povero volto cieco sulla spalla di Caleb e
pianse e pianse così tanto che egli era quasi dispiaciuto di
averle procurato quella felicità di lacrime.

Nel frattempo, a casa di John Peerybingle c'era stata
un'agitazione piuttosto violenta, poiché la piccola Mrs.
Peerybingle naturalmente non poteva pensare di andare
da qualche parte senza il Bambino; e mettere in marcia il
Bambino richiedeva tempo. Non che valesse granché come

Bambino, parlandone dal punto di vista di peso e misura, ma c'era un'enorme quantità di cose da fare tutt'intorno a lui, e tutto doveva essere fatto gradualmente. Per esempio, quando il Bambino era stato portato, con ogni mezzo a disposizione,[8] a un certo punto della vestizione, e si sarebbe potuto ragionevolmente supporre che un altro tocco o due lo avrebbero finito, e avrebbero sfornato un Bambino di prim'ordine pronto a sfidare il mondo, egli fu inaspettatamente soffocato in un berretto di flanella, e costretto a letto; dove (per così dire) sobbollì tra due coperte per gran parte di un'ora. Da questo stato di inazione fu quindi richiamato, facendo faville a più non posso e strillando violentemente, per consumare – Beh? se mi permettete di parlare in modo generico, vorrei preferibilmente dire – un pasto leggero. Dopo del quale, tornò nuovamente a dormire.

Mrs. Peerybingle approfittò di questo intervallo per farsi così elegante, in piccolo, come mai avete visto qualcuno in tutta la vostra vita; e, durante la medesima breve tregua, Miss Slowboy si insinuò in un mantello di una foggia così singolare e ingegnosa, da non avere alcuna relazione con lei stessa o con qualsiasi altra cosa nell'universo, ma costituiva un fatto ristretto, gualcito, autosufficiente, che seguiva il suo corso solitario senza il più piccolo riguardo verso chicchessia. A questo punto, il Bambino, essendo di nuovo tutto pieno di vita, fu avviluppato, dagli sforzi congiunti di

---

[8] *By hook and by crook:* espressione idiomatica che letteralmente significa «con gancio e uncino» ed eventualmente traducibile con «di riffa e di raffa».

Mrs. Peerybingle e di Miss Slowboy, in una mantellina color crema per il corpo, e una sorta di crostata lievitata color giallo spento per la testa; e così con il passar del tempo tutti e tre scesero alla porta dove il vecchio cavallo aveva già consumato più del valore totale della sua tassa giornaliera a carico del Consorzio delle Strade a Pedaggio,[9] con il fare a pezzi la strada mediante i suoi impazienti autografi; e dalla quale Boxer poteva essere vagamente intravisto nella visuale lontana, fermo a guardare indietro, e a indurlo nella tentazione di venire via senza ordini.

Quanto a una sedia o a qualcosa del genere per aiutare Mrs. Peerybingle a salire sul carro, ne sapete molto poco di John, se pensate che *una cosa simile* fosse necessaria. Prima che avreste potuto vederlo sollevarla da terra, ecco che lei era al suo posto, fresca e rosea, dicendo: "John! Come *potete*! Pensate a Tilly!"

Se mi si potesse concedere di menzionare, con qualche parola, le gambe di una giovane signora, a proposito di quelle di Miss Slowboy osserverei che c'era una fatalità su di esse che le rendeva singolarmente soggette a sbucciarsi; e che ella non effettuava mai la minima ascesa o discesa, senza registrare la circostanza su di esse con una tacca, come Robinson Crusoe segnava i giorni sul suo calendario di legno. Ma poiché queste osservazioni potrebbero essere considerate villane, ci rifletterò su.

– John! Avete preso il Cestino con il Vitello e il Pasticcio di Prosciutto e le altre cose, e le bottiglie di Birra? – dis-

---

[9] La *Turnpike Trust* era una società che controllava le strade pubbliche o le barriere per il pedaggio.

se Piccina. – Se non le avete prese, dovete voltarvi di nuovo in questo preciso istante.

– Siete un oggettino carino, – replicò il Corriere, – a star qui a parlare di voltarsi, dopo avermi trattenuto un intero quarto d'ora in più rispetto all'ora che avevo detto.

– Per questo mi dispiace, John, – disse Piccina in grande confusione, – ma veramente non potrei pensare di andare da Bertha, non lo farei, John, per nulla al mondo, senza il Vitello e il Pasticcio di Prosciutto e le altre cose e le bottiglie di Birra. Via!

Questo monosillabo era indirizzato al cavallo, il quale non vi fece caso per niente.

– Oh, *fate* via, John! – disse Mrs. Peerybingle. – Per favore!

– Ci sarà tutto il tempo per farlo, – ribatté John, – quando inizierò a lasciarmi dietro le cose. Il cestino è qui, abbastanza illeso!

– Che mostro dal cuore di pietra dovete essere, John, per non averlo detto sùbito, e per non avermi risparmiato un simile colpo! Ho dichiarato che non andrei da Bertha senza il Vitello e il Pasticcio di Prosciutto e le altre cose, e le bottiglie di Birra, per tutto l'oro del mondo. Abbiamo fatto il nostro piccolo Pic-nic, John, regolarmente lì una volta ogni quindici giorni da quando ci siamo sposati. Se qualcosa dovesse andare storto, quasi penserei che non torneremmo mai più a essere fortunati.

– Prima di tutto era un pensiero gentile, – disse il Corriere, – e vi rendo onore per questo, donnina!

– Mio caro John, – replicò Piccina, arrossendo molto, – non parlate di rendere onore a *me*. Buon Dio!

– Detto per inciso… – osservò il Corriere. – Quel vecchio gentiluomo…

Di nuovo così visibilmente e così istantaneamente imbarazzata!

– È un tipo strano. – disse il Corriere, guardando dritto lungo la strada davanti a loro. – Non riesco a capirlo. Non credo che in lui ci sia niente di male.

– Proprio niente. Sono… sono sicura che non ci sia proprio niente di male.

– Sì. – disse il Corriere con gli occhi attratti verso il viso di lei dalla gran serietà dei suoi modi. – Sono lieto che vi sentiate così sicura di questo, perché rappresenta una conferma per me. È curioso che si sia messo in testa di chiedere il permesso di continuare ad alloggiare da noi, vero? Le cose avvengono così stranamente.

– Davvero stranamente. – replicò lei con voce bassa, scarsamente udibile.

– Comunque è un vecchio gentiluomo di buon carattere, – disse John, – e paga come un gentiluomo, e penso che ci si debba fidare della sua parola come di quella di un gentiluomo. Ho fatto una chiacchierata piuttosto lunga con lui questa mattina: può già sentirmi meglio, dice, poiché si è più abituato alla mia voce. Mi ha raccontato un mucchio di cose su di sé, e io gli ho raccontato un mucchio di cose su di me, e ho risposto a un'insolita quantità di domande che mi ha fatto. Gli ho dato informazioni sul fatto che faccio due giri, sapete, per il mio lavoro; un giorno da casa nostra verso destra e ritorno, l'altro giorno da casa nostra verso sinistra e ritorno (perché lui è uno straniero e non conosce i nomi dei posti qui intorno); e sembrava abbastanza soddisfatto. "Beh, allora stanotte farò ritorno a casa dalla vostra strada," dice "quando io pensavo che sareste arrivato dalla direzione esattamente opposta. Questo è fondamentale! Forse potrei scomodarvi per un altro passaggio, ma mi impegnerò a non addormentarmi di nuovo così profondamente". *Era* profondamente addormentato, senza dubbio... Piccina! a cosa state pensando?

– Pensando, John? Io… io vi stavo ascoltando.

– Oh! Va tutto bene! – disse l'onesto Corriere. – Temevo, dall'aspetto del vostro viso, che io avessi continuato a parlare così a lungo da indurvi a pensare a qualche altra cosa. C'ero molto vicino, ci scommetto.

Non avendo Piccina dato risposta, procedettero, per un po' di tempo, in silenzio. Ma non era facile restare zitti molto a lungo sul carro di John Peerybingle, perché ogni persona sulla strada aveva qualcosa da dire. Sebbene potesse essere soltanto un "Come state?" e in verità molto spesso non era niente di più, tuttavia, restituirlo con il giusto spirito di cordialità, richiedeva, non semplicemente un cenno e un sorriso, ma in più un atto dei polmoni altrettanto robusto, quanto richiedeva un discorso parlamentare di lungo respiro. A volte, viaggiatori a piedi o su un cavallo, arrancavano per un po' di strada a lato del carro, con il preciso scopo di fare una chiacchierata; e allora c'erano un sacco di cose da dire, da entrambe le parti.

Inoltre, Boxer diede occasione per un maggior numero di riconoscimenti cordiali del e da parte del Corriere, di quanti avrebbero potuto darne una mezza dozzina di Cristiani! Tutti lo conoscevano, lungo la strada... specialmente i polli e i maiali, che quando lo vedevano avvicinarsi, con il corpo tutto su di un lato, e le orecchie rizzate con aria inquisitiva, e quel pezzetto di coda che faceva del suo meglio in aria, si ritiravano immediatamente in insediamenti remoti, fuori mano, senza attendere l'onore di una conoscenza più intima. Aveva affari dappertutto: andare giù a ogni curva, guardare dentro tutti i pozzi, entrare e uscire di corsa da tutte le villette, precipitarsi nel mezzo di tutte le Scuole tenute da Signore,[10] far svolazzare tutti i piccioni, rizzare le code di tutti i gatti, e trotterellare dentro tutte le osterie come un cliente abituale. Dovunque andasse, si sarebbe potuto udire qualcuno o qualche altro gridare "Ehilà! C'è Boxer!", e quel qualcuno usciva sull'istante, accompagnato come minimo da due o tre altri qualcuno, per dare a John Peerybingle e alla sua graziosa moglie il Buon Giorno.

I pacchi e i pacchetti per il carro delle consegne erano numerosi; e c'erano molte fermate da fare per caricarli e per darli via, le quali non erano per niente le parti peggiori del viaggio. Alcune persone erano così piene di aspettative nei riguardi dei loro pacchi, e altre persone erano così piene di meraviglia nei riguardi dei loro pacchi, e altre persone erano così piene di inesauribili istruzioni nei riguardi dei loro pacchi, e John nutriva un interesse talmente animato nei riguardi di tutti i pacchi, che era divertente quanto una commedia. Inoltre, c'erano articoli da trasportare che richiedevano di essere esaminati e discussi, e in rapporto alla situazione e alla disposizione dei quali dovevano tenersi dei consigli fra il Corriere e i mittenti: ai quali soli-

---

[10] *Dame-Schools*: scuole per bambini piccoli, gestite in genere da donne.

tamente Boxer assisteva, in brevi attacchi della più serrata attenzione e lunghi attacchi di corsa a perdifiato intorno ai savi riuniti in assemblea, abbaiando fino a diventare rauco. Di tutti questi piccoli incidenti, Piccina era la spettatrice divertita e dallo sguardo attento, dal suo sedile sul carro; e mentre sedeva lì, assistendo – come un'incantevole miniatura incorniciata dal tendone per essere ammirata – non c'era mancanza di gomitate e occhiate e mormorii e invidie tra i giovanotti. E questo divertiva John il Corriere enormemente, perché era orgoglioso che la sua piccola mogliettina venisse ammirata, sapendo che a lei non dava fastidio... che, semmai, in una certa misura, forse le piaceva.

Il viaggio fu un po' nebbioso, è vero, con il tempo di Gennaio, e fu umido e freddo. Ma chi si curava di simili sciocchezze? Non Piccina, decisamente. Non Tilly Slowboy, poiché considerava lo star seduti su un carro, a qualsiasi condizione, essere il punto più alto delle gioie umane, l'evento finale delle speranze terrene. Non il Bambino, ci giurerei, poiché non è nella natura di un Bambino essere più al caldo o più profondamente addormentato, per quanto sia grande la sua capacità in entrambi gli aspetti, di quanto lo fosse quel benedetto giovane Peerybingle, assolutamente.

Non si poteva vedere molto lontano nella nebbia, naturalmente, ma si potevano vedere un sacco di cose! È stupefacente quanto si possa vedere, in una nebbia più fitta di quella, se soltanto ci si voglia prendere il disturbo di vederle. Perbacco, persino star seduti osservando gli Anelli delle Fate[11] nei campi, oppure i fazzoletti di brina che ancora persistono nell'ombra, vicino alle siepi e sotto gli alberi, sarebbe un'occupazione piacevole; per non far menzione delle forme imprevedibili nelle quali si cangiano gli stessi alberi spuntando fuori dalla nebbia e scivolando nuovamente dentro di essa. Le siepi erano intricate e spoglie e ondeggiavano al vento una moltitudine di ghirlande inaridite, ma in ciò non c'era sconforto. Era gradevole da contemplare, poiché rendeva più caldo il focolare che si possedeva e più verde l'estate che si attendeva. Il fiume sembrava gelido, ma era in movimento e si muoveva con una buona andatura... il che era una gran cosa. Il canale era piuttosto lento e pigro, questo bisogna ammetterlo. Non importava. Si sarebbe per primo congelato quando il gelo fosse arrivato completamente, e allora ci sarebbe stato da pattinare e da andare con la slitta, e i vecchi barconi carichi, ricoperti di ghiaccio, da qualche parte vicino a una banchina, avrebbero fumato tutto il giorno le loro pipe a ciminiera di ferro arrugginito e avrebbero così passato un periodo d'ozio.

In un posto, c'era un gran cumulo di erbacce o stoppie che bruciavano, ed essi guardarono il fuoco, così chiaro alla luce del giorno, fiammeggiante attraverso la nebbia, con soltanto qua e là una sfumatura di rosso al suo interno, fin quando, in seguito a ciò, come osservò lei, che il fumo "le saliva su per il naso", Miss Slowboy soffocò – avrebbe fatto una cosa del genere alla più piccola provocazione – e svegliò il Bambino, il quale non volle più ritornare a dormi-

---

[11] I *Fairy-rings* sono cerchi di funghi circondati da erba verde chiaro, associati nella tradizione alle fate.

re. Ma Boxer, che si trovava in anticipo di circa un quarto di miglio o giù di lì, aveva già oltrepassato gli avamposti della città e aveva raggiunto l'angolo della strada dove vivevano Caleb e sua figlia; ed egli e la Ragazza Cieca erano sul marciapiedi pronti a riceverli, prima che fossero giunti alla porta.

Boxer, tra parentesi, faceva certe sue proprie garbate distinzioni nel comunicare con Bertha, le quali mi persuadono pienamente del fatto che sapeva che fosse cieca. Non cercava mai di attirare la sua attenzione guardandola, come spesso faceva con le altre persone, ma invariabilmente la toccava. Che esperienza avesse mai potuto avere di persone cieche o di cani ciechi, non so. Non aveva mai vissuto con un padrone cieco, né Mr. Boxer senior, né Mrs. Boxer, né qualcuno della sua rispettabile famiglia, da entrambi i rami, era mai stato afflitto da cecità, di ciò ne sono certo. Può averlo scoperto da sé, forse, ma in qualche modo lo aveva ritenuto a mente, e così aveva ritenuto anche Bertha, dalla sottana, e continuò a ritenerla, fin quando Mrs. Peerybingle e il Bambino e Miss Slowboy, e il cestino, furono tutti quanti portati al sicuro in casa.

May Fielding era già arrivata; e così lo era sua madre... una piccola scheggia querula di una vecchia signora con una faccia stizzosa, che, in ragione del fatto di aver conservato una vita simile a una colonnina da letto, era ritenuta avere una figura superiore per eccellenza, e che, in conseguenza del fatto di aver vissuto meglio un tempo o in conseguenza del fatto che agiva sulla base di una persuasione che avrebbe potuto vivere meglio, se fosse accaduto qualcosa che non era accaduto per niente, e sembrava non essere mai stato particolarmente probabile che giungesse ad accadere – ma in fondo è la stessa cosa – era in verità molto distinta e condiscendente. C'era pure Gruff e Tackleton, rendendosi amabile, con l'evidente sensazione di essere perfettamente a suo agio e tanto così innegabilmente nel proprio elemento, come lo sarebbe stato un salmone giovane e fresco sulla cima della Grande Piramide.

– May! Cara, vecchia amica mia! – esclamò Piccina, correndo per andarle incontro. – Che gioia vederti.

La sua vecchia amica era, a pieno titolo, tanto calorosa e lieta di vederla quanto lei, e sinceramente, se volete credermi, era proprio uno spettacolo piacevole vederle abbracciarsi. Tackleton era al di là di ogni dubbio un uomo di gusto: May era molto graziosa.

È risaputo come, a volte, quando ci si abitua a un viso grazioso, e quando questo viene a contatto e a confronto con un altro viso grazioso, esso sembri in quel momento poco attraente e spento e a stento meriti l'opinione elevata che se ne è avuta in precedenza. Ora, questo non era affatto il caso di Piccina o di May, poiché il viso di May faceva risaltare quello di Piccina, e il viso di Piccina faceva risaltare quello di May, in un modo così naturale e gradevole, che, come John Peerybingle era molto vicino a dire quando entrò nella stanza, esse avrebbero dovuto nascere sorelle... era l'unico miglioramento che si sarebbe potuto suggerire.

Tackleton aveva portato il suo cosciotto di montone, e per di più, mirabile a dirsi, una torta – ma non ci si preoccupa di sperperare un po' quando sono chiamate in causa le proprie promesse spose; non ci si sposa ogni giorno – e in aggiunta a tutte queste ghiottonerie, c'erano il Vitello e il Pasticcio di Prosciutto, e "le altre cose", come le chiamava Mrs. Peerybingle, che erano principalmente noci e arance e dolciumi e altre piccolezze[12] del genere. Quando il pasto fu disposto sulla tavola, fiancheggiato dal contributo di Caleb, che consisteva in una grande coppa di legno di patate fumanti (gli era stato proibito, per mezzo di un patto solenne, di portare in tavola una qualsiasi altra vivanda), Tackleton guidò la sua futura suocera al posto d'onore. Per onorare al meglio questo posto nella solenne festività, quell'anima antica e maestosa si era adornata di una cuffia, fatta apposta per incutere ai più indifferenti sentimenti di soggezione. Indossava anche i guanti. Ma lasciateci essere distinti o morire!

Caleb si sedette vicino a sua figlia; Piccina e la sua compagna di scuola erano fianco a fianco; il buon Corriere si prese cura dell'estremità della tavola. Miss Slowboy venne isolata, per il momento, da ogni oggetto della mobilia, tranne la sedia su cui sedeva, in modo che non potesse avere nient'altro da sbattere contro la testa del Bambino.

Mentre Tilly fissava intorno a lei le bambole e i giocattoli, essi fissavano lei e la compagnia. I venerabili vecchi gentiluomini sulle porte di strada (i quali erano tutti in piena azione) manifestavano uno speciale interesse nei riguardi della festa, esitando ogni tanto prima di agire, come se stessero ascoltando la conversazione, e quindi saltando all'impazzata ancora, un gran numero di volte, senza fermarsi per

---

[12] Per *small deer* si può confrontare il significato che il vocabolo acquista nel *King Lear* di Shakespeare: "But mice and rats and such small deer" (atto III, scena 4), dove appunto significa «piccole cacciagioni».

respirare... come se fossero in uno stato frenetico di gioia per tutto ciò che accadeva.

Sicuramente, se questi vecchi gentiluomini erano inclini a provare una gioia perversa nella contemplazione dell'imbarazzo di Tackleton, avevano delle buoni ragioni per ritenersi soddisfatti. Tackleton non era proprio capace di andare d'accordo con qualcuno, e più la sua promessa sposa diventava allegra in compagnia di Piccina, meno questo gli piaceva, sebbene le avesse fatte incontrare appositamente con quello scopo. Perché era un autentico cane rognoso, Tackleton; e quando esse ridevano e lui non poteva, si metteva in testa, immediatamente, che stavano ridendo di lui.

– Ah, May! – disse Piccina. – Cara, cara, quanti cambiamenti! Parlare di quei giorni di scuola felici fa ritornare giovani.

– Beh, non siete particolarmente vecchia, a ogni modo, no? – disse Tackleton.

– Guardate qui il mio serio marito con il suo passo pesante. – ribatté Piccina. – Aggiunge almeno vent'anni alla mia età. Vero, John?

– Quaranta. – replicò John.

– Quanti ne aggiungerete *voi* a quelli di May, sono sicura di non saperlo, – disse Piccina, ridendo, – ma non potrà avere molto meno di cento anni al suo prossimo compleanno.

– Ah! Ah! – rise Tackleton. Sebbene cupa come un tamburo fu quella risata. E sembrava che se avesse potuto torcere il collo di Piccina, lo avrebbe fatto comodamente.

– Carissima! – disse Piccina. – Se solo ricordo come avevamo l'abitudine di parlare, a scuola, dei mariti che avremmo scelto. Non so quanto doveva essere giovane, e quanto bello, e quanto allegro, e quanto vivace, il mio! E quanto a quello di May!... Ah, cara! Non so se ridere o piangere, quando penso a che ragazze sciocche eravamo.

Sembrava che May sapesse quale delle due cose dovesse fare, poiché le salì un rossore sul viso e delle lacrime le comparvero negli occhi.

– A volte venivano scelte persino le persone... giovanotti esistenti realmente... qualche volta erano fissi – disse Piccina, – pensavamo poco a come le cose sarebbero andate. Sono sicura di non aver mai scelto John, non avevo mai neppure pensato a lui. E se io ti avessi detto che saresti stata sposata con Mr. Tackleton, beh mi avresti dato uno schiaffo. Vero, May?

Sebbene May non dicesse sì, sicuramente non disse no, o espresse un no, in qualche modo.

Tackleton rise... quasi gridò, per quanto rise forte. Anche John Peerybingle rise, alla sua solita maniera affabile e soddisfatta, ma il suo era un mero bisbiglio di risata, in confronto a quella di Tackleton.

– Con tutto ciò non siete riuscite a difendervi. Non avete potuto resisterci, vedete. – disse Tackleton. – Qui ci siamo noi! Qui ci siamo noi! Dove sono adesso i vostri allegri giovani sposi?

– Alcuni sono morti, – disse Piccina, – e alcuni dimenticati. Alcuni, se potessero stare in mezzo a noi in questo momento, non crederebbero che siamo le medesime creature; non crederebbero che ciò che videro e sentirono era vero, e che noi *abbiamo potuto* dimenticarli in questo modo. No! Non crederebbero una parola di questo!

– Perbacco, Piccina! – esclamò il Corriere. – Donnina!

Ella aveva parlato con una tale serietà e un tale fuoco, che, senza dubbio, si trovava nella necessità di ritornare un po' in se stessa. Il richiamo di suo marito era molto gentile, poiché si era intromesso, come credeva, soltanto per difendere il vecchio Tackleton, ma si dimostrò efficace, in quanto ella si fermò, e non disse più nulla. C'era un'agitazione insolita, persino nel silenzio di lei, che Tackleton, il quale, sospettoso, aveva puntato su di lei il suo occhio semichiuso, notò attentamente, e per di più se ne ricordò per un certo scopo.

May non profferì parola, buona o cattiva, ma sedette completamente immobile, con gli occhi fissi in basso, e non diede segno di interessarsi a ciò che era avvenuto. A questo punto s'interpose la rispettosa signora sua madre, osservando, in primo luogo, che le ragazze erano ragazze, e il passato passato, e che fintanto che i giovani erano giovani e sbandati, essi si sarebbero probabilmente comportati come persone giovani e sbandate: con altre due o tre opinioni di tono non inferiore e di inconfutabile forza morale. Quindi fece notare, con aria devota, che ringraziava il Cielo di aver sempre trovato in sua figlia May, una fanciulla rispettosa e ubbidiente; per la qual cosa non si prendeva alcun merito, sebbene avesse tutte le ragioni per credere che fosse interamente dovuto a lei. Riguardo a Mr. Tackleton disse Che dal punto di vista morale era una persona incontestabile, e Che da un punto di vista della scelta era un genero a cui ambire, nessuno dotato delle proprie facoltà mentali poteva dubitarne. (In questo punto fu molto enfatica). Riguardo alla famiglia nella quale, dopo qualche sollecitazione, stava per essere ammesso così a breve, ella credeva che Mr. Tackleton sapesse che, sebbene con mezzi finanziari ridotti, essa aveva qualche diritto alla nobiltà; e se alcune circostanze, non completamente disgiunte, per quanto avrebbe potuto dire, dal Commercio dell'Indaco, ma alle quali non si sarebbe riferita espressamente, si fossero svolte in maniera differente, forse si sarebbe potuta trovare in possesso di ricchezze.

Quindi fece notare che non avrebbe alluso al passato, e non avrebbe menzionato il fatto che sua figlia aveva per qualche tempo rifiutato la corte di Mr. Tackleton, e che non avrebbe detto una gran moltitudine di altre cose che in effetti disse, dilungandosi. Infine, declamò come risultato generale della sua osservazione ed esperienza, che quei matrimoni nei quali c'era il minimo di ciò che veniva romanticamente e scioccamente chiamato amore, erano sempre i più felici, e che ella prevedeva la più grande quantità possibile di beatitudine – non la beatitudine estatica, ma quella di tipo solido, che dura costantemente – dalle nozze che si approssimavano. Concluse informando la compagnia che l'indomani era il giorno per il quale aveva vissuto, chiaramente; e che quando fosse passato, non avrebbe desiderato nient'altro di meglio che essere impacchettata ed eliminata, in qualche distinto luogo di sepoltura.

Poiché queste osservazioni non ammettevano assolutamente repliche – è la proprietà più felice di tutte le osservazioni che sono sufficientemente lontane dall'essere di qualche utilità – cambiarono il corso della conversazione e deviarono l'attenzione generale verso il Vitello, il Pasticcio di Prosciutto, il montone freddo, le patate e la torta. Affinché la birra in bottiglia non potesse essere ignorata, John Peerybingle fece un brindisi all'Indomani: il Giorno delle Nozze; e li invitò a bere un bicchiere colmo fino all'orlo, prima che egli procedesse nel suo viaggio.

Perché dovete sapere che lì egli faceva soltanto una sosta, e serviva un rinfresco al vecchio cavallo. Doveva proseguire per circa quattro o cinque miglia; e quando ritornava a sera, passava a prendere Piccina e si concedeva un'altra sosta sulla strada di casa. Questo era l'ordine del giorno in tutte le occasioni del Pic-nic, e lo era sempre stato, fin dalla sua istituzione.

C'erano due persone presenti, oltre alla sposa e allo sposo eletto, che non resero altro che un onore indifferente al brindisi. Una di queste era Piccina, troppo accalorata e turbata per adattarsi a qualsiasi piccola contingenza del momento; l'altra, Bertha, che si alzò in fretta, prima degli altri, e abbandonò la tavola.

– Arrivederci! – disse l'impavido John Peerybingle, indossando il suo cappotto "corazzato".[13] – Ritornerò al solito orario. Arrivederci a tutti!

– Arrivederci, John. – ribatté Caleb.

Sembrava dir questo in modo meccanico e agitare la mano nella medesima maniera inconscia, poiché stava osservando Bertha con una faccia ansiosa e meravigliata, che non cambiava assolutamente espressione.

– Arrivederci, piccolo sbarbatello! – disse il gioviale Corriere, chinandosi per baciare il bambino, il quale bam-

---

[13] Un cappotto fatto di un materiale molto spesso per ripararsi completamente dal maltempo (le virgolette nel testo sono del traduttore).

bino Tilly Slowboy, al momento impegnata con coltello e forchetta, aveva deposto addormentato (e strano a dirsi, senza danno) su un lettino di Bertha. – Arrivederci! Verrà il tempo, suppongo, in cui Tu ti caccerai in mezzo al freddo, mio piccolo amico, e lascerai il tuo vecchio padre a godersi la sua pipa e i suoi reumatismi nell'angolo del camino, eh? Dov'è Piccina?

– Sono qui, John! – disse lei trasalendo.

– Su, su! – ribatté il Corriere, battendo le mani sonoramente. – Dov'è la pipa?

– Mi sono completamente dimenticata della pipa, John.

Dimenticare la pipa! Era una tale strana cosa da non essersi mai sentita! Lei! Dimenticare la pipa!

– Io… io la riempirò sùbito. È presto fatto.

Ma non fu fatto neanche tanto presto. Essa si trovava nel solito posto – nella tasca "corazzata" del Corriere – con il sacchettino, un lavoro di lei, dal quale era solita riempirla, ma le sue mani tremavano così tanto, che vi si impigliò (eppure la sua mano era piccola abbastanza per poterne uscire via con facilità, sono certo), e combinò un pasticcio terribile. Il riempire la pipa e accenderla, quelle piccole mansioni nelle quali ho commentato la sua abilità, furono fatte in modo assolutamente avvilente, dall'inizio alla fine. Durante l'intero procedimento, Tackleton stette immobile ad assistere malignamente con l'occhio semichiuso, il quale, ogni qual volta incontrava quello di lei – o lo catturava, poiché si può difficilmente dire che abbia mai incontrato un altro occhio: essendo più precisamente una sorta di trappola per ghermirlo – aumentava la confusione di lei in una misura piuttosto evidente.

– Beh, che Piccina maldestra che siete, oggi pomeriggio! – disse John. – Avrei potuto prepararmela meglio da solo, lo credo bene!

Con queste bonarie parole se ne andò a grandi passi e poco dopo fu udito, in compagnia di Boxer, e del vecchio cavallo, e del carro, prodursi in una musica vivace, giù per la strada. Nel mentre il sognante Caleb stava ancora immobile, guardando la sua figliola cieca, con la medesima espressione del viso.

– Bertha! – disse Caleb sommessamente. – Cos'è successo? Come sei cambiata, mia cara, in poche ore... sin da stamani. *Tu* silenziosa e triste per tutto il giorno! Di cosa si tratta? Dimmi!

– Ah, padre, padre! – esclamò la Ragazza Cieca scoppiando in lacrime. – Oh crudele, crudele mio destino!

Caleb si passò la mano sugli occhi prima di risponderle.

– Ma pensa a come sei stata allegra e felice, Bertha! A come sei buona, a quanto sei amata da tante persone.

– Questo mi spezza il cuore, caro padre! Sempre così premuroso con me! Sempre così gentile!

Caleb era troppo perplesso per capirla.

– Essere... essere ciechi, Bertha, mia povera cara, – egli balbettò, – è una grande afflizione, ma...

– Non l'ho mai provata! – gridò la Ragazza Cieca. – Non l'ho mai provata, nella sua pienezza. Mai! A volte ho espresso il desiderio di vedervi o di poter vedere lui, solo una volta, caro padre, solo per un breve attimo, in modo da poter conoscere che cos'è ciò che serbo dentro – e appoggiò le mani sul petto, – e custodisco qui! In modo da poter essere sicura di farlo nella giusta maniera! E a volte, ma ero una bambina allora, ho pianto nelle mie preghiere serali nel pensare che quando le vostre immagini salivano dal mio cuore verso il Cielo, esse potessero non essere la reale rappresentazione delle vostre e delle sue. Ma non ho mai provato a lungo questi sentimenti. Sono passati e mi hanno lasciata tranquilla e contenta.

– E lo faranno ancora. – disse Caleb.

– Ma padre! Oh, mio buon gentile padre, abbiate pazienza con me, se sono cattiva! – disse la Ragazza Cieca. – Non è questa le pena che mi opprime così tanto!

Suo padre non poté fare altro che lasciar traboccare i suoi occhi inumiditi; ella era così seria e commovente, eppure lui non l'aveva ancora capita.

– Portatela da me, – disse Bertha, – non posso tenerla chiusa e nascosta dentro. Portatela da me, padre!

Ella si accorse che lui esitava e disse: – May. Portate qui May!

May sentì pronunciare il proprio nome e dirigendosi con calma verso di lei, la toccò sul braccio. La Ragazza Cieca si girò immediatamente e le prese entrambe le mani.

– Guardami in viso, mio Caro Dolce Cuore! – disse Bertha. – Leggi su di esso con i tuoi begli occhi e dimmi se vi è scritta la verità.

– Sì, cara Bertha!

La Ragazza Cieca, rivolgendo verso l'alto il volto assente privo della luce dello sguardo, al di sotto del quale le lacrime scorrevano rapide, le si rivolse con queste parole:

– Non c'è, nell'anima mia, un solo augurio o pensiero che non sia per il tuo bene, splendida May! Non c'è, nell'anima mia, un grato ricordo più forte della profonda memoria che vi è serbata, delle mille e mille volte in cui, nel pieno splendore della vista e della bellezza, hai avuto considerazione per Bertha la Cieca, persino quando noi due eravamo bambine o quando Bertha era una bambina quanto la cecità possa mai rendere tali! Ogni benedizione sul tuo capo! Luce sul felice tuo cammino! Niente di meno, mia cara May. – e si avvicinò a lei in un abbraccio più stretto. – Niente di meno, uccellino mio, perché, quest'oggi, la notizia che stai per diventare Sua moglie mi ha stretto il cuore fin quasi a spezzarlo! Padre, May, Mary! Oh, perdonatemi che sia così, per amore di tutto quel che egli ha fatto per rompere la monotonia della mia buia vita: e per amore della fiducia che avete in me, quando chiamo il Cielo a testimoniare che non potrei desiderarlo sposato a una moglie più degna della sua bontà!

Mentre parlava, aveva lasciato le mani di May Fielding, e si teneva strette le vesti in un atteggiamento di supplica e amore mescolati insieme. Lasciandosi cadere giù e sempre più giù, mentre continuava la sua strana confessione, cadde infine ai piedi della sua amica e nascose la faccia cieca nelle pieghe del vestito di lei.

– Potenza Divina! – esclamò suo padre, preso d'un colpo dalla verità. – L'ho ingannata fin dalla culla, ma per spezzarle il cuore, infine!

Fu un bene per tutti loro che Piccina, quella piccola, sorridente, pratica, attiva Piccina – per tale che fosse, qualsiasi difetto avesse, e nondimeno per quanto potreste imparare a odiarla, al momento giusto – fu un bene per tutti loro, dico, che ella fosse lì; o dove si sarebbe andati a finire è difficile dirlo. Ma Piccina, recuperando il dominio di sé, s'intromise, prima che May potesse replicare o Caleb dire un'altra parola.

– Su, su, Bertha cara! Vieni via con me! Dàlle il tuo braccio, May. Così! Vedi come si è già ripresa, e come sia buono da parte sua che ci presti attenzione. – disse la gaia donnina baciandola sulla fronte. – Vieni via, Bertha cara. Vieni! Ed ecco che suo padre sarà buono e verrà con lei, vero, Caleb? Si-cu-ro!

Beh, beh! Era una nobile piccola Piccina in cose di questo genere e ci sarebbe voluto un carattere ostinato per opporsi alla sua autorità. Quando ebbe portato via il povero Caleb e la sua Bertha, affinché potessero confortarsi e consolarsi a vicenda, come ella sapeva che avrebbero potuto fare soltanto loro, ritornò poco dopo tutta pimpante – il detto è fresca come una rosa, *io* dico più fresca – per montare la guardia a quel piccolo esempio risentito di importanza in cuffia e guanti, e impedire alla cara vecchia creatura di fare qualche scoperta.

– E così portami il caro Bambino, Tilly, – disse avvicinando una sedia al fuoco – e mentre lo tengo in grembo ecco qui Mrs. Fielding, Tilly, che mi dirà tutto sulla gestione dei Bambini, e mi metterà a posto su venti punti sui quali mi sbaglio quanto si possa sbagliare. Vero, Mrs. Fielding?

Neanche il Gigante del Galles,[14] il quale, secondo il detto popolare, fu così ottuso da eseguire una fatale operazione su se stesso, per imitare un gioco di destrezza realizzato dal

---

[14] Riferimento alla favola di *Jack l'Ammazzagiganti*: Jack imbroglia il gigante nascondendo il suo pasto in un sacco celato nella camicia e aprendola come se si fosse squarciato lo stomaco. Il gigante, per imitarlo, si squarcia davvero lo stomaco e muore.

suo arcinemico a colazione; neanche lui cadde così pronta-
mente nel tranello preparato per lui, come fece la vecchia
signora in questa trappola ingegnosa. Il fatto che Mr. Tackleton fosse uscito a passeggiare, e per di più, che due o tre
persone fossero state a parlare fra di loro a una certa distanza da lei, per due soli minuti, lasciandola alle sue proprie
risorse, era stato assolutamente sufficiente per averle fatto
aumentare la sua solita aria di dignità e il rimpianto per
quel misterioso sconvolgimento nel Commercio dell'Indaco, per le successive ventiquattr'ore. Ma questo piacevole
ossequio alla sua esperienza, da parte della giovane madre,
fu così irresistibile, che dopo una breve finzione di umiltà,
iniziò a illuminarla con la più grande benevolenza del mondo, e sedendosi impettita davanti a quella birbante di Piccina, declamò, in mezz'ora, tanti di quegli infallibili precetti
domestici, che avrebbero (se messi in atto) completamente
distrutto e sistemato quel Giovane Peerybingle, anche se
fosse stato un Sansone Infante.

Per cambiare argomento, Piccina prese a fare un po'
di ricamo – portava in tasca il contenuto di un intero cestino da lavoro, ma come ci riuscisse, non lo so – quindi
un po' ad allattare; quindi un altro po' di ricamo; quindi
tenne una conversazione bisbigliante con May, mentre la
vecchia signora schiacciava un sonnellino; e così in piccoli sprazzi di attività, che erano praticamente sempre il suo
modo di comportarsi, il pomeriggio passò molto velocemente. Quindi, poiché si faceva scuro, e poiché c'era una
parte solenne dell'istituzione del Pic-Nic che prescriveva
che ella avrebbe svolto tutti i lavori domestici di Bertha,
attizzò il fuoco e spazzò il focolare e apparecchiò la tavola

da tè e tirò la tenda e accese una candela. Poi eseguì un'aria o due su un'arpa dalla foggia rozza, che Caleb aveva costruito per Bertha, e le suonò molto bene; poiché la Natura aveva reso il suo piccolo orecchio delicato tanto adatto alla musica quanto lo sarebbe stato per i gioielli, se ne avesse avuto qualcuno da indossare. Dopo di ciò giunse l'ora stabilita per prendere il tè, e Tackleton tornò nuovamente, per prendere parte al pasto e passare la serata.

Caleb e Bertha erano ritornati qualche tempo prima e Caleb si era seduto davanti al suo lavoro pomeridiano. Ma non poteva concentrarsi su di esso, pover'uomo, poiché era ansioso e tormentato dal rimorso per sua figlia. Era commovente vederlo sedere inerte sul suo sgabello da lavoro, guardandola così mestamente e con un volto che sembrava dire: L'ho ingannata fin dalla culla, ma per spezzarle il cuore!

Quando fu notte fatta, e il tè fu consumato, e Piccina non aveva più niente da fare nel lavar tazze e piattini; in una parola – poiché devo arrivarvi e non c'è alcuna utilità nel differirla – quando si avvicinava il tempo per attendere il ritorno del Corriere in ogni suono di ruote in lontananza, i modi di lei cambiarono di nuovo, il colore le andava e veniva dal viso, ed era molto inquieta. Non come sono le buone mogli, quando aspettano l'arrivo dei loro mariti. No, no, no. Era un tipo di irrequietezza diverso da quello.

Ruote udite. I passi di un cavallo. L'abbaiare di un cane. L'avvicinarsi graduale di tutti questi suoni. La zampa di Boxer che gratta alla porta!

– Di chi è quel passo! – esclamò Bertha, alzandosi in piedi.

– Di chi è il passo? – ribatté il Corriere restando sulla porta, con la faccia bruna arrossata come una bacca invernale dall'aria pungente della notte. – Beh, mio.

– L'altro passo. – disse Bertha. – Il passo dell'uomo dietro di voi!

– Non si può proprio ingannarla. – osservò il Corriere, ridendo. – Venite avanti, signore. Niente paura, sarete il benvenuto!

Parlò ad alta voce, e mentre parlava, entrò il vecchio gentiluomo sordo.

– Non è un estraneo perché lo hai visto una volta, Caleb. – disse il Corriere. – Gli darai un posto in casa tua fino a quando andremo via?

– Oh, sicuro, John, e lo considererò come un onore.

– È la miglior compagnia del mondo, per parlare di segreti. – disse John. – Ho dei polmoni ragionevolmente buoni, ma li sta provando duramente, posso dirvelo. Sedete, signore. Qui siamo tutti amici, e lieti di vedervi!

Quando ebbe impartito quest'assicurazione, con una voce che corroborava ampiamente ciò che aveva detto sui suoi polmoni, aggiunse con la sua voce naturale: – Una sedia nell'angolo del camino, e lasciarlo sedere completamente in silenzio, e guardarsi allegramente intorno, è tutto ciò di cui ha bisogno. È contento con poco.

Bertha era rimasta attentamente in ascolto. Chiamò Caleb al proprio fianco, dopo che egli ebbe sistemato la sedia, e gli chiese, a bassa voce, di descrivere il loro ospite. Quando egli lo ebbe fatto (fedelmente questa volta, con minuziosa precisione), ella si mosse, per la prima volta da quando quello era entrato e sospirò, e sembrò non nutrire più un ulteriore interesse verso di lui.

Il Corriere era di ottimo umore, buontempone com'era, e innamorato più che mai della sua mogliettina.

– Una Piccina maldestra è stata, oggi pomeriggio! – disse lui circondandola con il suo braccio robusto, mentre ella stava in disparte, appartata dagli altri. – Eppure in qualche modo mi piace. Guardate là, Piccina!

Indicò il vecchio. Ella abbassò lo sguardo. Io penso che tremasse.

– È... ah, ah, ah!... pieno di ammirazione per voi! – disse il Corriere. – Non ha parlato d'altro per tutta la strada fin qui. Beh, è un bravo vecchio ragazzo. Mi piace per questo!

– Mi sarei augurata che avesse un argomento migliore, John. – disse lei, con un'occhiata imbarazzata per la stanza. A Tackleton specialmente.

– Un argomento migliore! – esclamò John, gioviale. – Non esiste una cosa del genere. Su, via il pastrano, via il grosso scialle, via le coperte pesanti! e una confortevole mezz'ora vicino al fuoco! Vostro umile servo, Signora. Una partita a "cribbage",[15] voi e io? Magnifico. Le carte e la tavola, Piccina. E un bicchiere di birra, se ne hanno lasciato un po', mogliettina!

La sua sfida era indirizzata alla vecchia signora, avendo la quale accettato con benevola prontezza, si ritrovarono presto impegnati nel gioco. In un primo momento, il Corriere si guardava a volte intorno, con un sorriso, oppure di tanto in tanto chiamava Piccina per farle sbirciare

---

[15] Classico gioco di carte il cui scopo è totalizzare per primi centoventuno punti.

le sue carte da sopra la spalla, in modo da avvisarlo di qualche punto complicato. Ma essendo la sua avversaria una rigida disciplinatrice, e soggetta a una sporadica debolezza per quanto riguarda il segnare più punti di quanti ne avesse diritto, richiese una tale vigilanza da parte sua, che non gli lasciò occhi od orecchie da risparmiare. Così, la sua totale attenzione venne gradualmente assorbita dalle carte, ed egli non pensò a nient'altro, fin quando una mano sulla spalla lo riportò alla coscienza di avere davanti Tackleton.

– Mi dispiace disturbarvi… ma devo dirvi una parola, immediatamente.

– Sto per dare le carte. – ribatté il Corriere. – È un momento critico!

– Lo è. – disse Tackleton. – Venite qui!

Sulla sua faccia pallida c'era quel qualcosa che fece alzare l'altro immediatamente e chiedergli, in fretta, cosa stesse succedendo.

– Silenzio! John Peerybingle, – disse Tackleton, – sono spiacente di questo. Lo sono davvero. Lo avevo temuto. Lo avevo sospettato fin dall'inizio.

– Cosa c'è? – chiese il Corriere, con un'espressione impaurita.

– Silenzio! Ve lo mostrerò, se verrete con me.

Il Corriere lo accompagnò, senza dire un'altra parola. Attraversarono un cortile, dal quale si vedevano brillare le stelle e tramite una porticina laterale, entrarono nell'ufficio stesso di Tackleton dove c'era una finestra a vetri, che dava sul magazzino e che era chiusa per la notte. Non c'era luce nell'ufficio, ma c'erano lampade nel magazzino lungo e stretto, e di conseguenza la finestra era illuminata.

– Un momento! – disse Tackleton. – Ve la sentireste di guardare attraverso quella finestra?

– Perché no? – ribatté il Corriere.

– Ancora un momento, – disse Tackleton, – non commetterete alcuna violenza. Non serve a niente. Anzi è pericoloso. Siete un uomo forte e potreste realmente uccidere prima di accorgervene.

Il Corriere lo guardò in faccia e indietreggiò di un passo come se fosse stato colpito. In un passo fu alla finestra e vide…

Oh Ombra sul Focolare! Oh veridico Grillo! Oh perfida Moglie!

Egli la vide con il vecchio – non più vecchio, ma eretto e gagliardo – che reggeva in mano i falsi capelli bianchi che gli avevano fatto conquistare la strada per entrare nella loro casa triste e sventurata. La vide prestargli ascolto, mentre quello piegava la testa per sussurrarle all'orecchio; e sopportare che le cingesse la vita, mentre si muovevano lentamente sotto la buia galleria di legno verso la porta dalla quale erano entrati. Li vide fermarsi, e vide lei girarsi – avere il viso, il viso che amava così tanto, presentato in questo modo ai suoi occhi! – e la vide, con le sue stesse mani, risistemare la menzogna sulla testa di lui, ridendo, mentre lo faceva, con la sua natura ingenua!

In un primo momento strinse la sua forte destra, come se avesse potuto abbattere un leone. Ma riaprendola immediatamente, la stese davanti agli occhi di Tackleton (poiché era sollecito nei confronti di lei, persino allora), e così, mentre uscivano, cadde su una scrivania e divenne impotente quanto un qualsiasi neonato.

Era avviluppato fino al mento e occupato con il cavallo e i pacchi, quando ella entrò nella stanza, pronta per ritornare a casa.

– È ora, John caro! Buona notte May! Buona notte Bertha!

Poteva baciarle? Poteva essere allegra e spensierata mentre si congedava? Poteva azzardarsi a mostrare loro il viso privo di rossore? Sì. Tackleton la osservava attentamente, e lei fece tutto questo.

Tilly stava cullando il Bambino e passò e ripassò davanti a Tackleton una dozzina di volte, ripetendo in modo assonnato: – Allora veramente, sapere che stanno per essere le sue mogli ha stretto i suoi cuori fin quasi a spezzarli, e veramente i suoi padri l'hanno ingannata dalle sue culle, ma per spezzare i suoi cuori infine!

– Adesso, Tilly, dammi il Bambino! Buona notte, Mr. Tackleton. Dov'è John, per amor del cielo?

– È andato a fianco della testa del cavallo, per camminare. – disse Tackleton, il quale l'aiutò a sedersi al suo posto.

– John, mio caro. Camminare? Questa notte?

La figura soffocata di suo marito diede un rapido cenno di assenso, ed essendo ormai il falso straniero e la piccola bambinaia ai loro posti, il vecchio cavallo partì. Mentre Boxer, l'inconsapevole Boxer, correva in avanti senza sosta, correva indietro, correva tutt'intorno al carro e abbaiava come sempre esultante e allegro.

Quando Tackleton fu parimenti andato via, per scortare May e sua madre a casa, il povero Caleb si sedette al fianco di sua figlia, presso il fuoco; ansioso e tormentato dal rimorso fin nell'anima, e dicendo ancora nella sua assorta contemplazione "L'ho ingannata fin dalla culla, ma per spezzarle il cuore, infine!"

I giocattoli che erano stati messi in funzione per il Bambino, si erano tutti fermati e scaricati, da molto tempo. Nella luce fioca e nel silenzio, le bambole imperturbabilmente calme, gli agitati cavalli a dondolo con le narici e gli occhi dilatati, e i vecchi gentiluomini sulle porte d'ingresso, che stavano mezzi piegati in due sulle ginocchia e sulle loro caviglie esaurite, gli schiaccianoci dalle facce piene di smorfie, perfino le Bestie sulla strada verso l'Arca, a due a due, come un Pensionato Scolastico uscito a passeggio, si sarebbero potuti immaginare colpiti da una paralisi, all'incomprensibile stupore che Piccina fosse infedele, o Tackleton amato, sotto qualsiasi combinazione di circostanze.

TRILLO TERZO

’orologio Olandese nell’angolo batté le Dieci, quando il Corriere si sedette presso il focolare. Così afflitto e logorato dal dolore che sembrava spaventare il Cucù, il quale, avendo ridotto al più breve possibile i suoi dieci annunci, si rificcò nuovamente nel Palazzo Moresco e sbatté dietro di sé la porticina, come se l’insolito spettacolo fosse troppo per i suoi sentimenti.

Se il piccolo Fienaiolo fosse stato armato della più affilata delle falci, e avesse falciato a ogni rintocco nel cuore del Corriere, non avrebbe mai potuto sfregiarlo e ferirlo quanto aveva fatto Piccina.

Era un cuore pieno di amore per lei, legato e tenuto insieme in questo modo da innumerevoli fili di ricordi incantevoli, filati dal lavoro quotidiano delle molte capacità che la rendevano tenera; era un cuore del quale ella aveva fatto per sé un tabernacolo così dolce e intimo; un cuore così semplice e sincero nella sua Verità, così forte nel bene, così debole nel male, da non essere capace di nutrire, in un primo momento, né rabbia né vendetta, e da avere solo spazio per racchiudere dentro di sé l’immagine infranta del proprio Idolo.

Ma, lentamente, lentamente, mentre il Corriere sedeva al suo focolare rimuginando, quel focolare ora freddo e spento, altri e più feroci pensieri iniziarono a nascere dentro di lui, come un vento furioso si alza nella notte.

Lo Straniero si trovava sotto il suo tetto oltraggiato. Tre passi lo avrebbero portato alla porta della camera di lui. Un colpo l'avrebbe abbattuta. "E potreste realmente uccidere prima di accorgervene", aveva detto Tackleton. Come poteva essere omicidio, se avesse dato tempo al mascalzone di lottare con lui faccia a faccia? L'uomo più giovane era lui.

Era un pensiero importuno, nocivo per la fosca disposizione del suo animo. Era un pensiero rabbioso, che lo spingeva a un qualche atto di vendetta, che avrebbe trasformato quell'allegra casetta in un luogo infestato dai fantasmi, nel passare davanti al quale, di notte, i viaggiatori solitari avrebbero avuto paura, e nel quale i timorosi avrebbero visto ombre dimenarsi tra le finestre in rovina quando la luna fosse stata offuscata e avrebbero udito rumori selvaggi nelle notti di tempesta.

L'uomo più giovane era lui! Sì, sì; qualche innamorato che aveva conquistato il cuore che *egli* non aveva mai toccato. Qualche innamorato scelto da lei in precedenza, al quale ella aveva pensato e del quale aveva sognato, per il quale aveva languito e languito, quando lui l'aveva creduta così felice al suo fianco. O agonia, pensare a questo!

Era stata al piano di sopra con il Bambino, per metterlo a letto. Mentre egli sedeva al focolare rimuginando, venne vicina, accanto a lui, senza che se ne accorgesse – nella tornitura dell'ingranaggio dentato della sua grande angoscia, egli aveva perso tutti gli altri suoni – e pose il suo piccolo sgabello ai piedi di lui. Ciò che provava lo sapeva soltanto lui, quando sentì la sua mano sulla propria e la vide guardare in alto dritto nel suo viso.

Con meraviglia? No. Era la sua prima impressione e fu ansioso di guardarla, per stabilirlo con esattezza. No, non con meraviglia. Con sguardo trepidante e indagatore, ma non con meraviglia. In un primo momento era allarmato e grave, poi si trasformò in uno strano, selvaggio, spaventoso sorriso di riconoscimento dei pensieri di lui, quindi non ci fu altro che le mani di lei giunte sulla fronte, la testa china e i capelli cascanti.

Anche se il potere dell'Onnipotenza fosse stato in quel momento a sua disposizione, egli aveva già troppa Misericordia, la sua più divina proprietà, nel proprio petto, da poter dirigerne contro di lei anche l'equivalente del peso di una piuma. Ma non poteva sopportare di vederla accovacciata sul piccolo sgabello dove l'aveva spesso osservata, con amore e orgoglio, così innocente e felice; e quando ella si alzò e lo lasciò, singhiozzando mentre andava via, sentì come un sollievo avere il posto vuoto vicino a sé anziché la presenza così a lungo amata di lei. Questa in se stessa era l'angoscia più straziante di tutte, poiché gli ricordava quanto era diventato solo e in che modo il grande legame della sua vita fosse stato fatto a pezzi.

Quanto più sentiva questo dentro di sé, e quanto più riconosceva che avrebbe potuto sopportare di più vederla morta prematuramente prima di lui con il loro piccolo bambino sul seno, tanto più grande e più forte cresceva la sua furia contro il nemico. Si guardò intorno in cerca di un'arma.

C'era un fucile, appeso al muro. Lo prese e mosse un passo o due verso la porta della stanza del perfido Straniero. Sapeva che il fucile era carico. Una certa idea indistinta che fosse giusto abbattere quell'uomo come una bestia selvaggia lo assalì all'improvviso e si ingigantì nella sua testa fino a quando si trasformò in un mostruoso demone in totale possesso di lui, scacciando i pensieri più miti e innalzando il proprio incontrastato impero.

Questa frase è sbagliata. Non scacciando i suoi pensieri più miti, ma trasformandoli astutamente. Tramutandoli in sferze per aizzarlo. Trasformando le lacrime in sangue, l'amore in odio, la dolcezza in cieca ferocia. L'immagine di lei, afflitta, mortificata, ma pur sempre supplicante, con irresistibile potere, la sua tenerezza e la sua misericordia, non lasciava mai la sua mente, ma, stando lì, lo incalzava verso la porta; gli faceva salire l'arma alla spalla; adattava e spingeva il suo dito sul grilletto, e gridava: "Uccidilo! Nel suo letto!"

Rovesciò il fucile per battere con il calcio alla porta, lo reggeva già sollevato in aria, c'era tra i suoi pensieri un certo piano indistinto di gridargli di fuggire, per amor di Dio, dalla finestra...

Quando, improvvisamente, il fuoco illuminò divampando l'intera canna fumaria con una fiammata di luce, e il Grillo del Focolare iniziò a Trillare!

Nessun suono che avesse potuto sentire, nessuna voce umana, nemmeno quella di lei, avrebbe potuto commuoverlo e calmarlo in questo modo. Le semplici parole con le quali ella gli aveva parlato del suo amore per quello stesso Grillo, furono dette appena un'altra volta, i suoi modi vibranti, sinceri di quel momento, furono di nuovo davanti a lui; la sua voce gradita – O che voce che era, per fare della musica domestica presso il focolare di un onesto uomo! – vibrò e vibrò dentro la parte migliore dell'anima di lui e la ridestò alla vita e all'azione.

Indietreggiò dalla porta, come un uomo che cammina nel sonno, risvegliato da un sogno spaventoso, e mise da parte il fucile. Passandosi le mani sul volto, si sedette quindi nuovamente vicino al fuoco e trovò sollievo nelle lacrime.

Il Grillo del Focolare apparve in mezzo alla stanza e stette davanti a lui in Forma di Fata.

– "Io lo amo," – disse la Voce Fatata ripetendo ciò che lui ricordava bene, – "io lo amo per le molte volte in cui l'ho ascoltato e per i molti pensieri che la sua musica inoffensiva mi ha dato".

– Lei ha detto così! – singhiozzò il Corriere. – È vero!

– "Questa è stata una casa felice, John; e io amo il Grillo per amor suo!"

– Lo è stata, il Cielo solo lo sa. – ribatté il Corriere. – Lei l'ha resa felice, sempre… fino ad adesso.

– Così graziosamente dolce, così familiare, così giocosa, così attiva e spensierata! – disse la Voce.

– Diversamente non avrei mai potuto amarla come l'ho amata. – ribatté il Corriere.

La Voce, correggendolo, disse "l'amo".

Il Corriere ripeté "come l'ho amata". Ma non in modo risoluto. La sua lingua balbettante si oppose al suo controllo e avrebbe voluto parlare a modo suo, per se stessa e per lui.

La Figura, in atteggiamento di supplica, alzò la mano e disse:

– Sul tuo stesso focolare…

– Il focolare che lei ha distrutto. – intervenne il Corriere.

– Il focolare che ha… o quante volte!… benedetto e rallegrato, – disse il Grillo; – il focolare che, se non fosse per lei, sarebbe soltanto un mucchietto di pietre e mattoni e sbarre arrugginite, ma che è stato, per merito suo, l'Altare della tua Casa, sul quale ogni notte hai sacrificato qualche meschino desiderio di egoismo o preoccupazione, e hai offerto l'omaggio di una mente tranquilla, uno spirito fiducioso e un cuore traboccante, cosicché il fumo di questo piccolo camino è salito in alto con una fragranza migliore di quella dell'incenso più costoso, bruciato davanti agli altari più sfarzosi di tutti i templi di questo mondo!... Sul tuo stesso focolare; nel suo pacifico santuario; circondato dai suoi dolci influssi e associazioni; ascoltala! Ascoltami! Ascolta tutto ciò che parla il linguaggio del tuo focolare e della tua casa!

– E che parla in favore di lei? – domandò il Corriere.

– Tutte le cose che parlano il linguaggio del tuo focolare e della tua casa *devono* parlare in suo favore! – ribatté il Grillo. – Poiché esse dicono la verità.

E mentre il Corriere, con la testa fra le mani, continuava a meditare seduto sulla sua sedia, la Presenza gli stava al fianco, evocando con il suo potere le riflessioni di lui, e presentandogliele davanti, come in uno specchio o in un dipinto. Non era una Presenza solitaria. Dalla pietra del focolare, dal comignolo, dall'orologio, dalla pipa, dal ramino e dalla culla, dal pavimento, dalle pareti, dal soffitto e dalle scale, dal carro di fuori e dalla dispensa dentro e dagli arredi domestici, da ogni cosa e da ogni angolo con i quali ella aveva sempre avuto dimestichezza, e ai quali aveva sempre associato nella mente del suo infelice marito un ricordo di se stessa, le Fate uscirono a frotte. Non per stare al fianco di lui come faceva il Grillo, ma per muoversi e darsi da fare. Per rendere il massimo onore all'immagine di lei. Per tirarlo dai vestiti e per indicargliela quando appariva. Per far grappolo intorno a lei e circondarla e per spargere fiori da farle calpestare. Per cercare di cingerle la testa bionda con le loro manine minuscole. Per mostrare che erano orgogliose di lei e che l'amavano, e che non c'era una sola creatura orribile, malvagia o accusatrice che potesse dichiarare di conoscerla... nessuno fuorché loro stesse, giocose e approvatrici.

I pensieri di lui erano costantemente rivolti alla sua immagine. Era sempre lì.

Sedeva cucendo di buona lena, davanti al fuoco e cantando fra sé. Che spensierata, florida, solida piccola Piccina! Le figure fatate si rivoltarono contro di lui tutte in una volta, di comune accordo, con uno sguardo prodigiosamente concentrato su di lui e sembravano dire: "È questa la moglie frivola per la quale ti stai affliggendo?"

Fuori c'erano suoni di festa, strumenti musicali e voci rumorose, e risate. Una folla di giovani festosi, tra i quali vi erano May Fielding e una schiera di belle ragazze, irruppero in casa. Piccina era la più bella fra tutte loro; e giovane quanto ognuna di esse, anche. Venivano per invitarla a partecipare alla loro festa. Si trattava di un ballo. Se mai dei piccoli piedini furono fatti per ballare erano i suoi, sicuro. Ma ella rise, e scosse la testa e indicò le pentole sul fuoco e la tavola già apparecchiata, con un'indifferenza esultante che la rese più affascinante di quanto fosse prima. E così li congedò allegramente, facendo un cenno di saluto ai suoi potenziali compagni di ballo, mentre passavano a uno a uno, con un'indifferenza comica, sufficiente per farli andar via ad annegarsi immediatamente nel caso fossero suoi spasimanti – e dovevano esserlo stati, più o meno, proprio non avrebbero potuto farne a meno. Eppure l'indifferenza non era la sua natura. O no! Poiché poco dopo arrivò lì alla porta un certo Corriere; e sia benedetta, che benvenuto che gli dispensò!

Di nuovo le figure che lo fissavano si rivoltarono contro di lui tutte in una volta e sembrarono dire: "È questa la moglie che ti ha abbandonato?"

Un'ombra cadde sullo specchio o sul dipinto: chiamatelo come volete. Un'ombra enorme dello Straniero, così come era stato in piedi la prima volta sotto il loro tetto, coprendone la superficie e cancellando tutti gli altri oggetti. Ma le agili Fate lavorarono come api per sgomberarlo nuovamente. E Piccina fu di nuovo lì. Ancora radiosa e bella.

Dondolando la culla del suo piccolo Bambino, cantando per lui dolcemente e appoggiando la testa su una spalla che aveva il suo equivalente nella figura pensosa vicino alla quale stava il Grillo Fatato.

La Notte – intendo la notte reale: senza basarmi sugli orologi delle Fate – stava passando rapidamente e in questo stadio dei pensieri del Corriere la luna spuntò improvvisamente e sfolgorò radiosa nel cielo. Forse anche una qualche altra luce calma e quieta era spuntata nella mente di lui, ed egli poté pensare più lucidamente a ciò che era avvenuto.

Sebbene l'ombra dello Straniero cadeva a intervalli sullo specchio – sempre netta e grande e accuratamente definita – non cadde così tenebrosa come la prima volta. Quando essa appariva, le Fate lanciavano sempre un urlo generale di costernazione e agitavano le piccole braccia e le loro piccole gambe, con un'energia inimmaginabile, per cancellarla. E ogni qual volta raggiungevano nuovamente Piccina e gliela mostravano un'altra volta, radiosa e bella, lanciavano grida di approvazione nella maniera più animata possibile.

Non la mostravano mai in altro modo che bella e radiosa, poiché erano Spiriti Domestici per i quali la falsità è annientamento; ed essendo fatti così, cos'era lì Piccina per loro, se non quell'unica, attiva, raggiante, amabile piccola creatura che era stata la luce e il sole della Casa del Corriere!

Le Fate erano straordinariamente eccitate quando la mostravano, con il Bambino, chiacchierare in mezzo a un gruppetto di sagge vecchie matrone e simulare di essere eccezionalmente vecchia e matronale ella stessa e appoggiarsi, con un atteggiamento composto e ostentatamente pudico, al braccio di suo marito, tentando – lei! un simile bocciolo di donnina – di trasmettere l'idea di aver rinnegato le vanità del mondo in generale e di essere il tipo di persona per la quale non costituisce affatto una novità essere madre; tuttavia, contemporaneamente, la mostravano prendere in giro il Corriere per la sua goffaggine e tirargli su il colletto della camicia per renderlo elegante, e allegramente camminare a passettini in giro per quella stessa stanza per insegnargli a ballare!

Si giravano e lo fissavano terribilmente quando mostravano lei con la Ragazza Cieca, poiché sebbene ella portasse con sé vivacità e allegria dovunque andasse, produceva questi affetti in casa di Caleb Plummer, accumulati e traboccanti. L'amore della Ragazza Cieca per lei, e la fiducia e la gratitudine nei suoi confronti; il suo tipico modo gentile e indaffarato di respingere i ringraziamenti di Bertha; i suoi abili trucchetti per riempire ogni momento della visita per fare qualcosa di utile in casa e lavorare davvero duramente mentre simulava di far festa; la sua generosa profusione di quelle squisitezze costanti, il Vitello e il Pasticcio di Prosciutto e le bottiglie di Birra; il suo visino raggiante all'arrivo sull'uscio e al momento di partire; la mirabile espressione in tutto il suo essere, dal piede ben fatto al cocuzzolo della testa, di essere parte della casa... un qualcosa di necessario per essa, di cui non si potrebbe fare a meno; per tutto ciò le Fate si rallegravano e l'amavano. E un'altra volta ancora stettero a guardarlo tutte insieme, supplichevolmente, e sembrarono dire, mentre qualcuna tra loro si rannicchiava nel vestito di lei e l'accarezzava: "È questa la moglie che ha tradito la tua fiducia!"

Più di una volta, o di due, o di tre, nella lunga notte pensierosa, gliela mostrarono seduta sulla sua seggiola preferita, con la testa china, le mani intrecciate sulla fronte, i capelli cascanti. Come l'aveva vista l'ultima volta. E quando esse la trovavano così, non si rivoltavano contro di lui, né lo fissavano, ma si raccoglievano intorno a lei e la confortavano e baciavano e si affrettavano l'una con l'altra per dimostrarle simpatia e gentilezza, e tutte insieme si scordavano di lui.

Così passò la notte. La luna tramontò; le stelle impallidirono; il freddo giorno spuntò; il sole si levò. Il Corriere sedeva ancora, assorto, nell'angolo del camino. Era stato seduto lì, con la testa fra le mani, per tutta la notte. Per tutta la notte il Grillo fedele era stato a Trillare, Trillare, Trillando sul Focolare. Per tutta la notte egli aveva ascoltato la sua voce. Per tutta la notte le Fate della casa si erano occupate di lui. Per tutta la notte ella era stata nello specchio, amabile e senza colpa, eccetto quando vi cadeva sopra quell'unica ombra.

Si alzò quando era giorno pieno e si lavò e vestì. Non poteva dedicarsi alle sue solite allegre occupazioni... per farlo aveva bisogno dello spirito adatto... ma importava poco, in quanto era il giorno delle nozze di Tackleton e si era organizzato per farsi sostituire nei suoi giri. Aveva pensato di andare allegramente in chiesa con Piccina. Ma simili progetti erano giunti al termine. Era anche il loro anniversario di nozze. Ah! Quanto poco era andato cercando una simile conclusione per un anno così!

Il Corriere si era aspettato che Tackleton gli avrebbe fatto una visita mattutina, e aveva ragione. Non aveva camminato per molti minuti avanti e indietro sulla propria porta, quando vide il Giocattolaio venire lungo la strada nel suo calesse. Mentre il calesse si avvicinava, si accorse che Tackleton era vestito elegantemente e vistosamente per il matrimonio e aveva decorato con fiori e nastri la testa del cavallo.

Il cavallo sembrava lo sposo molto più di Tackleton, il cui occhio semichiuso era più sgradevolmente espressivo che mai. Ma a ciò il Corriere badò poco. I suoi pensieri avevano un'altra occupazione.

– John Peerybingle! – disse Tackleton, con un'aria di condoglianza. – Mio buon amico, come state stamani?

– Ho passato una brutta nottata, Mastro Tackleton, – ribatté il Corriere, scuotendo la testa, – poiché il mio animo è stato molto turbato. Ma è passato, adesso! Avete una mezz'oretta, per una chiacchierata un po' privata?

– Sono venuto per questo. – ribatté Tackleton, smontando. – Non preoccupatevi del cavallo. Starà abbastanza quieto, con le redini legate a questo palo, se gli darete una manciata di fieno.

Dopo che il Corriere lo ebbe portato dalla stalla e glielo ebbe messo davanti, si voltarono per entrare in casa.

– Non vi sposate prima di mezzogiorno, – disse lui, – vero?

– No, – rispose Tackleton, – c'è un sacco di tempo. Un sacco di tempo.

Quando entrarono in cucina, Tilly Slowboy stava bussando alla porta dello Straniero, che distava soltanto pochi passi. Uno dei suoi occhi molto rossi (poiché Tilly era stata a piangere per tutta la notte, perché la sua padrona piangeva) era al buco della serratura, ed ella stava bussando molto forte, e sembrava terrorizzata.

– Con il vostro permesso non posso farmi sentire da nessuno. – disse Tilly, guardandosi intorno. – Spero che nessuno c'è venuto a morire, con il vostro permesso!

Miss Slowboy enfatizzò questo augurio filantropico con svariati nuovi colpi e calci alla porta, che non portarono a nessun risultato.

– Posso andare? – disse Tackleton. – È strano.

Il Corriere, che aveva distolto il viso dalla porta, gli fece segno di andare se voleva.

Così Tackleton andò in soccorso di Tilly Slowboy; e anche lui sferrò calci e bussò; e anche lui non riuscì a ottenere la benché minima risposta. Ma pensò di provare la maniglia della porta; e quando questa si aprì facilmente, sbirciò dentro, guardò dentro, entrò dentro, e sùbito rivenne fuori di corsa.

– John Peerybingle, – disse Tackleton nel suo orecchio, – spero che non ci sia stato niente… niente di impulsivo durante la notte?

Il Corriere si volse verso di lui rapidamente.

– Perché è scappato! – disse Tackleton. – E la finestra è aperta. Non vedo alcuna traccia… è vero che è quasi al livello del giardino, ma avevo paura che ci potesse essere stata qualche... qualche rissa. Eh?

Chiuse l'occhio espressivo quasi completamente; lo guardò con molta attenzione. E diede al proprio occhio, alla faccia, e a tutta la sua persona, un'improvvisa contorsione. Come se avesse voluto svitare la verità estraendola da lui.

– Tranquillizzatevi. – disse il Corriere. – È entrato in quella stanza ieri notte, senza offesa in parole o in fatti da parte mia, e nessuno è entrato lì da allora. È andato via di sua spontanea volontà. Uscirei allegramente da quella porta e mendicherei il pane di porta in porta, per la vita, se potessi cambiare il passato in questo modo, come se non fosse mai venuto. Ma è venuto e se ne è andato. E io con lui ho chiuso!

– Oh!... Beh, penso che se la sia cavata abbastanza a buon mercato. – disse Tackleton prendendo una sedia.

L'ironia andò sprecata con il Corriere, che si sedette anche lui, e si coprì la faccia con la mano, per un po' di tempo prima di andare avanti.

– Ieri sera mi avete mostrato, – disse finalmente, – mia moglie; mia moglie che amo; segretamente...

– E teneramente. – insinuò Tackleton.

– Rendersi complice del travestimento di quell'uomo, e dargli le opportunità di incontrarla da sola. Penso che non ci sia vista che avrei voluto vedere meno di questa. Penso che non ci sia uomo al mondo che avrei voluto meno che me lo mostrasse.

– Confesso di aver sempre avuto i miei sospetti. – disse Tackleton. – E so che questo mi ha reso sgradito qui.

– Ma poiché siete stato voi a mostrarmelo, – continuò il Corriere, non badandogli, – e poiché avete visto lei, mia moglie, mia moglie che amo, – la sua voce, e lo sguardo, e la mano divennero progressivamente più fermi e risoluti mentre ripeteva queste parole: evidentemente per ottenere un effetto di decisione, – poiché l'avete vista in questa situazione di svantaggio, è bene e giusto che dobbiate vedere anche con i miei occhi e guardare nel mio petto, e sapere quale sia la mia intenzione su questo argomento. Poiché essa è presa, – disse il Corriere, guardandolo attentamente, – e niente può scuoterla a questo punto.

Tackleton mormorò un po' di parole generiche di consenso, sulla necessità di far valere qualcosa o qualcos'altro, ma era intimorito dall'atteggiamento del suo compagno. Semplice e rozzo com'era, aveva in sé un qualcosa di dignitoso e di nobile, quale aveva potuto conferirgli nient'altro che l'animo pieno di generoso onore che albergava in quell'uomo.

– Sono un uomo semplice, grossolano, – continuò il Corriere, – con molto poco che mi raccomandi. Non sono un uomo intelligente, come sapete benissimo. Non sono un uomo giovane. Ho amato la mia piccola Piccina, perché l'ho vista crescere, da bambina, in casa di suo padre; perché sapevo quanto fosse preziosa; perché lei era stata la mia vita per anni e anni: ci sono molti uomini con i quali non posso confrontarmi, che credo non avrebbero mai potuto amare la mia piccola Piccina come me!

Si fermò e per un breve istante batté lievemente sul pavimento con il piede, prima di riprendere.

– Ho spesso pensato che sebbene io non fossi abbastanza degno di lei, sarei stato un marito gentile e forse avrei riconosciuto il suo valore meglio di chiunque altro; e in tal modo mi misi l'anima in pace e cominciai a pensare che forse sarebbe stato possibile che ci saremmo sposati. E alla fine accadde, e noi ci *siamo* sposati.

– Ah! – disse Tackleton con un movimento significativo della testa.

– Avevo studiato me stesso; avevo fatto esperienza su di me; sapevo quanto l'amavo, e come sarei stato felice, – continuò il Corriere, – ma non avevo... ora lo sento... considerato sufficientemente lei.

– È vero. – disse Tackleton. – Leggerezza, frivolezza, volubilità, desiderio di essere ammirata! Non considerato! Tutto perduto di vista! Ah!

– Fareste meglio a non interrompermi, – disse il Corriere con una certa fermezza, – fin quando non mi avrete capito; e siete ben lontano dal farlo. Se ieri avessi gettato a terra d'un sol colpo quell'uomo che avesse osato pronunciare una parola contro di lei, quest'oggi gli schiaccerei la faccia con il piede, anche se fosse mio fratello!

Il Giocattolaio lo fissò con stupore. Egli continuò in un tono più mite:

– Ho considerato – disse il Corriere, – che l'ho tolta... alla sua età, e con la sua bellezza... ai suoi giovani amici e alle molte scene di cui costituiva l'ornamento; nelle quali era la più luminosa stellina che abbia mai brillato, per rinchiuderla giorno dopo giorno nella mia casa noiosa, e tenerla tediosamente in mia compagnia? Ho considerato quanto ero poco adatto al suo umore brioso, e come deve essere noioso un uomo pesante come me, per una con il suo spirito vivace? Ho considerato che non era merito mio o un mio diritto, amarla, quando tutte le persone che la conoscevano non potevano farne a meno? Mai. Mi sono fatto forte del suo carattere fiducioso e della sua naturale disposizione alla gioia, e l'ho sposata. Vorrei non averlo mai fatto! Per il suo bene, non per il mio!

Il Giocattolaio lo fissava, senza batter ciglio. Persino l'occhio semichiuso era aperto, adesso.

– Il Cielo la benedica! – disse il Corriere. – Per la costanza sollecita con la quale ha cercato di tenere lontana da me la conoscenza di queste cose! E il Cielo mi aiuti, per non averlo capito prima, con questa mia lenta ragione! Povera bimba! Povera Piccina! *Io* non capire questo, io che ho visto i suoi occhi riempirsi di lacrime, quando si è parlato di questo matrimonio simile al nostro! Io che ho visto cento volte il segreto fremito delle sue labbra e non ne ho mai sospettato fino alla scorsa notte! Povera ragazza! Che io abbia mai potuto sperare che lei si sarebbe innamorata di me! Che io abbia mai potuto credere che lo fosse!

– Di questo ne faceva un'esibizione. – disse Tackleton. – Ne faceva una tale esibizione, che, a dirvi la verità, è stata questa l'origine dei miei sospetti.

E qui asserì la superiorità di May Fielding, che, certamente, non faceva alcun tipo di esibizione d'essere innamorata di *lui*.

– Lei ha cercato. – disse il povero Corriere, con la più grande emozione che aveva manifestato fino a quel momento. – Soltanto adesso inizio a capire quanto duramente ha cercato di essere per me una moglie rispettosa e zelante. Come è stata buona; quanto ha fatto; che cuore forte e coraggioso che ha; che la felicità che ho conosciuto sotto questo tetto ne porti testimonianza! Mi sarà di qualche aiuto e conforto, quando resterò qui da solo.

– Qui da solo? – disse Tackleton. – Oh! Quindi intendete in qualche modo prendere atto di questo?

– Intendo, – ribatté il Corriere, – farle la più grande gentilezza e provvederle il migliore riconoscimento che sia in mio potere. Posso liberarla dalla sofferenza giornaliera di un matrimonio male assortito e dallo sforzo di nasconderlo. Sarà libera quanto posso renderla tale.

– Risarcire *lei*! – esclamò Tackleton, torcendosi e piegandosi le grandi orecchie con le mani. – Qui deve esserci qualcosa che non va. Non avete detto questo, naturalmente.

Il Corriere strinse la sua presa sul colletto del Giocattolaio e lo scosse come una canna.

– Ascoltatemi! – disse. – E fate attenzione a sentirmi bene. Ascoltatemi. Parlo chiaro?

– Proprio chiarissimo. – rispose Tackleton.

– Come se ne avessi l'intenzione?

– Realmente come se ne aveste l'intenzione.

– Sono stato seduto a quel focolare, ieri, per tutta la notte, – esclamò il Corriere, – dove lei spesso si è seduta vicino a me, guardando con il suo dolce viso nel mio. Ho rievocato la sua intera vita, giorno dopo giorno. Ho passato in rivista, davanti a me, tutto il suo amato essere, in ogni suo passaggio. E sull'anima mia ella è innocente, se esiste Uno che giudichi l'innocente e il colpevole!

Fedele Grillo del Focolare! Leali Fate della casa!

– La rabbia e la sfiducia mi hanno lasciato, – disse il Corriere, – e non rimane nient'altro che il mio dolore. In un momento infelice un qualche vecchio innamorato, meglio adatto di me ai suoi gusti e ai suoi anni; abbandonato, forse, per me, contro la volontà di lei; è ritornato. In un momento infelice, presa di sorpresa, e avendo bisogno di tempo per pensare a cosa fare, si è resa complice dell'inganno di lui, tenendolo nascosto. Ieri notte lo ha incontrato, nel colloquio di cui siamo stati testimoni. Ha sbagliato. Ma a parte questo lei è innocente se c'è verità in terra!

– Se questa è la vostra opinione... – iniziò Tackleton.

– Così, se ne vada! – continuò il Corriere. – Vada, con la mia benedizione per le tante ore felici che mi ha dato, e il mio perdono per qualsiasi dolore mi abbia causato. Vada, e abbia la pace dello spirito che le auguro! Lei non mi odierà mai. Imparerà a volermi più bene, quando non sarò un freno per lei, e porterà la catena che le ho fissato addosso, con più leggerezza. Questo è il giorno in cui l'ho portata via, con un pensiero così piccolo per la sua felicità, dalla sua casa. Quest'oggi vi farà ritorno, e non le darò più fastidio. Suo padre e sua madre verranno qui oggi... avevamo fatto un piccolo progetto per passarlo insieme... ed essi la riporteranno a casa. Posso aver fiducia in lei, lì o da qualche altra parte. Mi lascia senza colpa, e sono sicuro che continuerà a vivere così. Se io dovessi morire... forse potrei farlo mentre è ancora giovane; in poche ore ho perso molto del mio coraggio... saprà che l'avrò ricordata e amata fino alla fine! Questa è la conclusione di ciò che mi avete mostrato. Ora è finita!

– Oh no, John, non finita. Non dite ancora che è finita! Non ancora completamente. Ho ascoltato le vostre nobili parole. Non potrei allontanarmi, pretendendo di ignorare una cosa che mi ha commosso con così profonda gratitudine. Non dite che è finita, fin quando l'orologio non sarà scoccato un'altra volta!

Era entrata sùbito dopo Tackleton, ed era rimasta lì. Non guardò mai verso Tackleton, ma fissò gli occhi su suo marito. Però si teneva lontana da lui, ponendo quanto più spazio possibile fra loro, e sebbene parlasse con la più appassionata serietà, neanche allora gli si avvicinò. Com'era diversa in ciò dal suo solito modo di fare!

– Nessuna mano può fabbricare l'orologio che scoccherà nuovamente per me le ore che sono passate. – replicò il Corriere, con un debole sorriso. – Ma così sia, se volete, mia cara. Scoccherà presto. È di poca importanza ciò che diciamo. Vorrei provare a compiacervi in una situazione più difficile di questa.

– Beh! – mormorò Tackleton. – Devo andar via, perché quando l'orologio scoccherà nuovamente, sarà necessario che io sia sulla strada per la chiesa. Buon giorno, John Peerybingle. Sono spiacente di dovermi privare del piacere della vostra compagnia. Mi spiace per la perdita e anche per la causa di essa!

– Ho parlato chiaro? – disse il Corriere accompagnandolo alla porta.

– Oh, assolutamente!

– E ricorderete ciò che ho detto?

– Beh, se mi costringete a fare un'osservazione, – disse Tackleton, prendendo precedentemente la precauzione di salire sul suo calesse, – devo dire che ciò è stato talmente inaspettato, che sono lontano dal potermelo dimenticare.

– Meglio per tutti e due. – ribatté il Corriere. – Arrivederci. Vi auguro felicità!

– Vorrei poterla augurare io a *voi*. – disse Tackleton. – Siccome non posso, grazie. Detto fra noi, come vi ho detto prima, eh?, non penso affatto che avrò la minima gioia dalla mia vita matrimoniale, perché May non è stata molto premurosa verso di me o troppo espansiva. Arrivederci. Abbiate cura di voi!

Il Corriere stette a guardarlo fin quando divenne più piccolo in lontananza di quanto lo fossero i fiori e i nastri del suo cavallo, quando erano vicini; e quindi, con un profondo sospiro andò a passeggiare, come un uomo irrequieto e sconvolto, tra certi olmi nelle vicinanze; deciso a non tornare indietro fin quando l'orologio non fosse stato sul punto di scoccare.

La sua mogliettina, lasciata sola, singhiozzò pietosamente; ma spesso si asciugava gli occhi e si tratteneva per dire quanto egli fosse buono e quanto fosse bravo! e una volta o due rise, così di cuore, e trionfalmente, e incoerentemente (piangendo ancora per tutto il tempo), che Tilly ne fu completamente terrorizzata.

– Ouu! Con il vostro permesso, no! – gridò Tilly. – È già abbastanza da morire e seppellire il Bambino, è così, con il vostro permesso.

– Lo porterai qualche volta a trovare suo padre, Tilly, – domandò la sua padrona, asciugandosi gli occhi, – quando non potrò vivere più qui e sarò tornata alla mia vecchia casa?

– Ouu! Con il vostro permesso, no! – gridò Tilly gettando indietro la testa e prorompendo in un ululato, in quel momento somigliava notevolmente a Boxer. – Ouu! Con il vostro permesso, no! Ouu! Che cosa è accaduto ché ognuno la fa grossa a ognuno, facendo diventare ogni altro così tanto triste! Ouu-uu-uu-uu!

In questa circostanza, questa Slowboy dal cuore tenero smorzò un ululato talmente lacrimevole, più tremendo degli altri a causa della sua lunga repressione, che avrebbe infallibilmente svegliato il Bambino spaventandolo tanto da fargli venire qualcosa di serio (probabilmente convulsioni), se i suoi occhi non avessero incontrato Caleb Plummer che portava dentro sua figlia. Restituendole questo spettacolo il senso delle convenienze sociali, stette in silenzio per qualche breve momento, con la bocca spalancata; e quindi, posizionandosi a una certa distanza dal letto in cui il Bambino giaceva addormentato, danzò in una stramba maniera, simile a quella di San Vito,[1] sul pavimento, e nello stesso tempo frugava con la faccia e la testa fra le coperte, ricavando apparentemente molto sollievo da queste operazioni straordinarie.

– Mary! – disse Bertha. – Non sei al matrimonio!

– Le ho detto che non sareste stata lì mammina. – sussurrò Caleb. – Ho sentito abbastanza, ieri notte. Ma benedetta voi, – disse l'ometto, prendendola teneramente per tutt'e due le mani, – *io* non mi curo di ciò che dicono. *Io* non ci credo. Non rimane molto di me, ma quel poco dovrebbe essere fatto a pezzi, prima che io creda a una parola detta contro di voi!

Le mise le braccia intorno e la strinse a sé, come un bimbo avrebbe potuto stringere una delle sue bambole.

– Bertha non poteva restare in casa stamattina. – disse Caleb. – Aveva paura, lo so, di sentir suonare le campane e non se la sentiva di stare così vicina a loro nel giorno del

---

[1] Riferimento alla danza di San Vito, il nome di un'afflizione convulsiva dei bambini. Deriva da una tradizione tedesca del XVII secolo, secondo la quale si ballava davanti alla statua di San Vito per assicurarsi buona salute.

loro matrimonio. Così siamo partiti di buon'ora e siamo giunti qui. Sono stato a pensare a ciò che ho fatto, – disse Caleb, dopo una pausa di un attimo, – per l'angoscia che le ho causato, mi sono rimproverato fino a sapere a mala pena cosa fare o da che parte andare; e sono giunto alla conclusione che farei meglio, se starete con me, mammina, nel frattempo, a dirle la verità. Resterete con me mentre lo faccio? – domandò, tremando dalla testa ai piedi. – Non so che effetto potrà avere su di lei; non so cosa penserà di me; non so se vorrà mai più bene al suo povero padre. Ma è la cosa migliore per lei che venga disillusa e io ne sopporterò le conseguenze come merito!

– Mary, – disse Bertha, – dov'è la tua mano! Ah! Eccola; eccola! – premendola sulle labbra, con un sorriso, e passandosela sul braccio. – Li ho sentiti parlare sommessamente fra loro, la scorsa notte, di qualche colpa che avresti commesso. Si sbagliavano.

La Moglie del Corriere rimase zitta. Caleb rispose per lei.

– Si sbagliavano. – disse.

– Lo sapevo! – esclamò Bertha, con orgoglio. – Così ho detto loro. Mi sono rifiutata di ascoltare una sola parola. Accusare *lei* con ragione! – ella le premette la mano fra le sue e la guancia morbida contro la propria. – No! Non sono così cieca da non vedere ciò.

Suo padre si portò al suo fianco da una parte, mentre Piccina rimase dall'altra: tenendole la mano.

– Vi conosco in tutto e per tutto, – disse Bertha, – meglio di quanto crediate. Ma non conosco nessuno così bene come lei. Neanche voi, padre. Non c'è niente che sia la metà di quanto è vera e reale lei per me. Se potessi avere restituita la vista in questo istante, e non fosse proferita una sola parola, potrei riconoscerla in mezzo a una folla! Sorella mia!

– Bertha, mia cara! – disse Caleb. – Ho in mente qualcosa che voglio dirti, mentre siamo noi tre soli. Ascoltami con gentilezza! Ho una confessione da farti, mia cara.

– Una confessione, padre?

– Mi sono allontanato dalla verità e mi sono perduto, bambina mia; – disse Caleb, con un'espressione pietosa sul viso stranito, – mi sono allontanato dalla verità, intendendo essere buono con te, e sono stato crudele.

Ella rivolse il viso meravigliato verso di lui e ripeté "Crudele!"

– Si accusa troppo severamente, Bertha. – disse Piccina. – Tra poco lo dirai anche tu. Sarai la prima a dirglielo.

– Lui crudele con me! – esclamò Bertha, con un sorriso di incredulità.

– Non intendendo esserlo, bambina mia. – disse Caleb. – Ma lo sono stato, sebbene non lo avessi mai sospettato, fino a ieri. Mia cara figliola cieca, ascoltami e perdonami. Il mondo in cui vivi, cuore mio, non esiste così come te l'ho descritto. Gli occhi a cui ti sei affidata ti hanno ingannata.

Ancora una volta ella rivolse il viso meravigliato verso di lui, ma indietreggiò e stette più strettamente attaccata alla sua amica.

– La strada della tua vita era irta di difficoltà, mia povera cara, – disse Caleb, – e io intendevo rendertela più piana. Ho alterato oggetti, cambiato la natura delle persone, inventato molte cose che non sono mai avvenute, per renderti felice. Ti ho tenuto nascoste le cose, su di te ho riversato inganni, Dio mi perdoni! E ti ho circondata di illusioni.

– Ma le persone vive non sono illusioni! – disse lei con affanno, e diventando molto pallida, e ritraendosi ancora da lui. – Voi non potete cambiarle.

– L'ho fatto, Bertha. – supplicò Caleb. – C'è una persona che tu conosci, colomba mia…

– Oh, padre! Perché dite che io conosco? – rispose lei con un'espressione di aspro rimprovero. – Chi e cosa conosco *io*! Io che non ho guida! Io così miserevolmente cieca.

Nell'angoscia del suo cuore, tese in avanti le mani, come se stesse cercando a tastoni la strada, quindi le usò per coprirsi il volto, con il più triste e mesto atteggiamento possibile.

– Il matrimonio che avrà luogo quest'oggi, – disse Caleb, – si tiene con un uomo duro, meschino, tiranno. Per molti anni, un padrone severo per me e te, mia cara. Orribile nell'aspetto e nell'animo. Sempre freddo e insensibile. Diverso in tutto da come te l'ho rappresentato, bambina mia. In tutto.

– Oh, perché, – gridò la Ragazza Cieca, torturata, a quanto sembrava, pressoché oltre il limite di sopportazione, – perché mai avete fatto questo! Perché mai avete riempito così tanto il mio cuore e poi siete piombato come la Morte e avete spazzato via gli oggetti del mio amore! O Dio, come sono cieca! Quanto sono sola e priva d'aiuto!

Il suo afflitto padre crollò la testa e non diede alcuna risposta se non la sua tristezza e il suo pentimento.

Questo accesso di rammarico di lei non era durato che un breve attimo, quando il Grillo del Focolare, silenzioso per tutti meno che per lei, iniziò a trillare. Non allegramente, ma in modo grave, sommesso, triste. Era così dolente che le lacrime di lei iniziarono a scorrere; e quando la Presenza che era stata accanto al Corriere per tutta la notte le apparve davanti, indicandole suo padre, esse caddero giù come la pioggia.

Presto sentì la voce del Grillo più chiaramente e fu conscia, nonostante la sua cecità, della Presenza che aleggiava intorno a suo padre.

– Mary, – disse la Ragazza Cieca, – dimmi com'è la mia casa. Com'è veramente.

– È un misero posto, Bertha, realmente molto povero e spoglio. La casa terrà fuori il vento e la pioggia a mala pena per un altro inverno. È tanto rozzamente riparata dal maltempo, Bertha, – continuò Piccina con voce bassa e chiara, – quanto il tuo povero padre nel suo cappotto di tela di sacco.

La Ragazza Cieca, notevolmente agitata, si alzò in piedi e portò in disparte la piccola moglie del Corriere.

– Quei regali di cui ho avuto tanta cura, che praticamente arrivavano quando li desideravo e mi erano così profondamente graditi, – disse lei, tremando, – da dove venivano? Li hai mandati tu?

– No.

– Chi allora?

Piccina vide che lei lo aveva già capito e rimase in silenzio. La Ragazza Cieca si coperse nuovamente il volto con le mani. Ma adesso in modo completamente diverso.

– Cara Mary, un momento. Un momento? Più di un momento. Parlami dolcemente. Sei sincera, lo so. Tu non mi inganneresti adesso, vero?

– No, Bertha, proprio no!

– No, sono sicura che non lo faresti. Provi troppa pietà per me. Mary, guarda attraverso la stanza nella direzione in cui eravamo proprio poco fa… dov'è mio padre… mio padre, così misericordioso e affezionato a me… e dimmi cosa vedi.

– Vedo – disse Piccina che la capiva bene, – un uomo anziano seduto su una sedia, e piegato tristemente sulla schiena, con il viso appoggiato su una sua mano. Come se la sua bambina dovesse confortarlo, Bertha.

– Sì, sì. Lo farà. Va' avanti.

– È un uomo anziano, logorato dalla preoccupazione e dal lavoro. È un uomo sparuto, scoraggiato, assorto, con i capelli grigi. Lo vedo adesso, abbattuto e incurvato, e che non combatte contro niente. Ma, Bertha, l'ho visto molte volte in passato combattere con coraggio in molti modi per un grande e sacro oggetto. E io onoro la sua testa grigia e lo benedico!

La Ragazza Cieca si staccò da lei e gettandosi in ginocchio davanti a lui, si portò quella testa grigia al petto.

– La mia vista mi è stata restituita. La mia vista! – esclamò lei. – Sono stata cieca e ora i miei occhi sono aperti. Non lo avevo mai conosciuto! Pensare che sarei potuta morire e non avrei mai realmente visto mio padre che mi ha voluto così tanto bene!

Non ci sono parole per descrivere l'emozione di Caleb.

– Non c'è una sola figura elegante su questa terra, – esclamò la Ragazza Cieca, stringendolo tra le proprie braccia, – che amerei così intensamente e adorerei così devotamente, come questa. Il più grigio e il più logoro, il più caro, padre! Non lasciate che dicano ancora che sono cieca. Non c'è una sola ruga sul suo viso, non c'è un solo capello sulla sua testa, che verrà dimenticato nelle mie preghiere e nei miei ringraziamenti al Cielo!

Caleb riuscì appena ad articolare "Mia Bertha!"

– E nella mia cecità, – disse la ragazza, accarezzandolo con lacrime di intenso affetto, – credevo che fosse così diverso! E avendolo al mio fianco, giorno dopo giorno, sempre così premuroso con me, questo non me lo sognavo neppure!

– Il padre giovane ed elegante dal cappotto blu, Bertha, – disse il povero Caleb, – se n'è andato!

– Non se n'è andato niente, – rispose lei, – carissimo padre, no! È tutto qui... in voi. Il padre che ho amato così tanto; il padre che non ho mai amato abbastanza e non ho mai conosciuto; il benefattore che avevo iniziato per primo a ringraziare e amare, perché aveva una simile simpatia per me; tutto ciò è in voi. Non è morto niente per me. Lo spirito di tutto ciò che mi era più caro è qui... qui, con la faccia esausta e i capelli grigi. E io NON sono cieca, padre, non più!

L'intera attenzione di Piccina era rimasta concentrata, durante la conversazione, sul padre e sulla figlia, ma guardando, a questo punto, verso il piccolo Fienaiolo nel Prato Moresco, si accorse che entro pochi minuti l'orologio avrebbe scoccato, e cadde, immediatamente, in uno stato di nervosismo ed eccitazione.

– Padre, – disse Bertha esitante. – Mary.

– Sì, mia cara. – ribatté Caleb. – Eccola qui.

– Non ci sono cambiamenti in *lei*. Non mi avete detto niente di *lei* che non fosse vero?

– Lo avrei fatto, mia cara, temo, – ribatté Caleb, – se avessi potuto renderla migliore di ciò che era. Ma l'avrei cambiata in peggio, se l'avessi cambiata in qualche cosa. Niente può migliorarla, Bertha.

Per quanto fosse stata fiduciosa la Ragazza Cieca nel formulare la sua domanda, la sua letizia e il suo orgoglio per la risposta e il suo rinnovato abbraccio con Piccina erano incantevoli a vedersi.

– Eppure molti più cambiamenti di quanto tu pensi, mia cara, possono avvenire. – disse Piccina. – Cambiamenti in meglio, intendo; cambiamenti di grande gioia per qualcuno di noi. Non lascerai che essi ti stupiscano e si ripercuotano troppo su di te, se qualcosa del genere dovesse mai succedere? Queste sono ruote sulla strada? Hai un orecchio sensibile, Bertha. Sono ruote?

– Sì. E arrivano molto velocemente.

– Io… io… io so che hai un orecchio fine, – disse Piccina, posandosi la mano sul cuore ed evidentemente continuando a parlare più veloce che poteva, per nascondere la condizione palpitante di quello, – perché l'ho notato spesso e perché sei stata così svelta nel riconoscere quel passo estraneo, ieri sera. Sebbene io non sappia perché tu abbia dovuto dire, come ricordo benissimo che effettivamente hai detto, Bertha "Di chi è quel passo!", e perché tu abbia dovuto notare maggiormente quello che non un qualsiasi altro passo. Sebbene abbia appena detto che ci sono grandi cambiamenti nel mondo: grandi cambiamenti, e che non possiamo far di meglio che prepararci a non meravigliarci quasi di niente.

Caleb si chiese che cosa intendesse dire con questo: percependo che parlava rivolta a lui, non meno che a sua figlia. La vide, con stupore, così agitata e angosciata che poteva a mala pena respirare e appoggiarsi a una sedia per evitare di cadere.

– Sono proprio ruote! – ansimò lei. – Che arrivano più vicino! Più vicino! Sempre più vicino! E ora sentitele fermarsi al cancello del giardino! E ora sentite un passo fuori la porta... lo stesso passo, Bertha, no?... e ora!

Lanciò un grido selvaggio di gioia incontrollabile, e alzandosi correndo verso Caleb gli mise le mani sugli occhi, mentre un giovanotto si precipitava nella stanza e gettando in aria il cappello piombò su di loro.

– È finita? – gridò Piccina.

– Sì!

– Finita felicemente?

– Sì!

– Riconoscete la voce, caro Caleb? Ne avete mai sentito una simile prima? – esclamò Piccina.

– Se il mio ragazzo nelle Americhe d'Oro del Sud fosse vivo... – disse Caleb tremando.

– Egli è vivo! – strillò Piccina, togliendogli le mani dagli occhi e battendole in estasi. – Guardatelo! Guardatelo in piedi davanti a voi, forte e in salute! Il vostro caro figlio! Il tuo caro fratello affezionato e vivente, Bertha!

Tutti gli onori alla piccola creatura per i suoi slanci! Tutti gli onori alle sue lacrime e alle sue risate, quando i tre furono stretti l'uno nelle braccia dell'altro! Tutti gli onori all'esuberanza con la quale ella lo accolse, a metà strada, quel marinaio bruciato dal sole, con i capelli neri e fluenti, e giammai girò dall'altra parte la sua boccuccia di rosa, ma sopportò che egli la baciasse, liberamente e la stringesse al suo cuore sussultante!

E onore anche al Cucù – perché no!– per essere sbucato fuori come un ladro dalla botola del Palazzo Moresco e aver singhiozzato dodici volte sulla compagnia riunita, come se si fosse ubriacato per la gioia!

Il Corriere, entrando, si fermò e indietreggiò. E poteva ben farlo, trovandosi in una simile compagnia.

– Guardate, John! – disse Caleb esultando. – Guardate qui! Il mio ragazzo dalle Americhe d'Oro del Sud! Proprio mio figlio! Lui che voi stesso avevate attrezzato e fatto partire! Lui con il quale siete sempre stato un così buon amico!

Il Corriere avanzò per stringergli la mano, ma, indietreggiando, poiché una qualche caratteristica del viso di lui gli risvegliò un ricordo dell'Uomo Sordo nel Carro, disse: – Edward! Eravate voi?

– Adesso ditegli tutto! – esclamò Piccina. – Ditegli tutto, Edward, e non risparmiatemi, poiché niente mi farà risparmiare me stessa ai suoi occhi, mai più!

– Quell'uomo ero io. – disse Edward.

– E avete potuto aggirarvi, travestito, nella casa del vostro vecchio amico? – replicò il Corriere. – Una volta esisteva un ragazzo sincero... quanti anni or sono, Caleb, da quando abbiamo saputo che era morto, e ne avemmo le prove, così pensavamo?... che non lo avrebbe mai fatto.

– Esisteva, una volta, un mio amico generoso, più un padre per me che un amico, – disse Edward, – che non avrebbe mai giudicato me o qualsiasi altro uomo, senza ascoltare. Eravate voi quello. Così sono certo che adesso mi ascolterete.

Il Corriere, con un'occhiata preoccupata a Piccina, che ancora si teneva molto lontana da lui, replicò: – Bene! È giusto. Lo farò.

– Dovete sapere che quando sono partito da qui ragazzo, – disse Edward, – ero innamorato e il mio amore era ricambiato. Lei era una ragazza molto giovane, che forse, potreste dirmi, non conosceva ciò che aveva nell'animo. Ma io sapevo ciò che c'era nel mio, e provavo un sentimento forte nei suoi confronti.

– Lo provavate! – esclamò il Corriere. – Voi!

– Lo provavo realmente. – ribatté l'altro. – E lei lo ricambiava. Lo avevo creduto sin dal primo istante e ora ne ho la certezza.

– Il Cielo mi aiuti! – disse il Corriere. – Questo è peggio di tutto.

– A lei fedele, – disse Edward, – e ritornando, pieno di speranze, dopo molte avversità e pericoli, per adempiere alla mia parte del nostro vecchio contratto, sentii, a venti miglia da qui, che lei era stata falsa con me; che mi aveva dimenticato; e che si era concessa a un altro uomo più ricco. Non avevo intenzione di rimproverarla, ma mi auguravo di vederla e provare, senza alcun dubbio, che questo era vero. Speravo che potesse essere stata forzata a farlo, contro il suo stesso desiderio e la sua memoria. Sarebbe stato un piccolo conforto, ma in qualche modo lo sarebbe stato, pensavo, e così sono andato avanti. Che potessi avere la verità, la verità assoluta; osservando liberamente da solo e giudicando da solo, senza interferenze da una parte, e senza presentare la mia influenza (se ne avevo una) su di lei, dall'altra; mi sono vestito in modo diverso... voi sapete come; e ho aspettato sulla strada... voi sapete dove. Non avevate sospetti su di me; nessuno li aveva... li ha avuti lei, – indicando Piccina, – fin quando non le ho sussurrato all'orecchio, vicino al focolare, e lei per poco non mi tradì.

– Ma quando ella ha capito che Edward era sopravvissuto e che era ritornato, – singhiozzò Piccina, adesso parlando per se stessa, come se fosse stata impaziente di farlo, per tutta la narrazione, – e quando ha capito lo scopo di lui, lo ha avvisato senz'altro di mantenere rigorosamente il segreto, perché il suo vecchio amico John Peerybingle era fin troppo onesto di carattere e troppo maldestro in tutti i sotterfugi... essendo un uomo maldestro in generale, – disse Piccina, per metà ridendo e per metà piangendo, – per mantenerlo per sé. E quando lei... che sono io, John, – singhiozzò la donnina, – gli ha detto tutto, e come il suo dolce amore lo avesse creduto morto; e come ella era stata infine convinta da sua madre a un matrimonio che la sciocca cara vecchia considerava vantaggioso; e quando lei... che sono di nuovo io, John... gli ha detto che non si erano ancora sposati (sebbene fossero molto vicini a farlo), e che non sarebbe stato altro che un sacrificio se la cosa fosse andata avanti, poiché non c'era amore da parte di lei; e quando lui andò molto vicino a impazzire per la gioia di sentire queste cose; allora lei... che poi sono di nuovo io... disse che si sarebbe messa fra loro, come aveva spesso fatto ai vecchi tempi, John, e avrebbe ascoltato il suo dolce amore e pensava che era giusto. Ed ERA giusto, John! Ed essi sono stati riuniti, John! E si sono sposati, John, un'ora fa! Ed ecco la Sposa! E Gruff e Tackleton può morire scapolo! E io sono una donnina felice, May, Dio ti benedica!

Era una donnina irresistibile, se questo possa essere adatto allo scopo di definirla; e mai così irresistibile come in questi suoi slanci del momento. Non ci furono mai congratulazioni così affettuose e deliziose, come quelle che ella profuse su di sé e sulla Sposa.

In mezzo al tumulto delle emozioni nel suo petto, l'onesto Corriere era rimasto immobile, confuso. Volando, ora, verso di lei, Piccina stese la mano per fermarlo e si ritrasse come prima.

– No, John, no! Ascoltate tutto! Non amatemi ancora, John, fino a quando non avrete sentito ogni parola che ho da dirvi. È stato sbagliato avere un segreto con voi, John. Sono molto dispiaciuta. Non pensavo di fare niente di male, fino a quando sono venuta a sedermi vicino a voi sul piccolo sgabello, ieri notte. Ma quando ho capito da ciò che era scritto sul vostro viso, che mi avevate vista camminare nella galleria con Edward, e quando ho capito ciò che pensavate, ho sentito dentro di me quanto questo fosse superficiale e sbagliato. Ma oh, caro John, come potevate, come potevate pensarlo!

Piccola donna, come singhiozzava di nuovo! John Peerybingle l'avrebbe presa tra le braccia. Ma no; lei non glielo lasciava fare.

– Non amatemi ancora, John, vi prego! Non ancora per molto! Quando mi sono rattristata per questo matrimonio che era stato stabilito, caro, era perché ricordavo May ed Edward come giovani innamorati, e sapevo che il cuore di lei era molto lontano da Tackleton. Lo credete, adesso. Vero, John?

John stava per effettuare un altro volo a questa invocazione, ma ella lo fermò nuovamente.

– No, restate lì, John, vi prego! Quando rido di voi, come faccio qualche volta, John, e vi chiamo maldestro e caro vecchio sciocco, e con altri nomi di questo tipo, è perché vi amo tanto, John, e i vostri modi mi fanno divertire tanto, e non vorrei vedervi cambiato neanche di una minima cosa, nemmeno se fosse per rendervi Re domani stesso.

– Urrà! – disse Caleb, con inusitato vigore. – È la mia opinione!

– E quando parlo di persone che sono di mezza età, e sono lenti, e fingo di credere che noi siamo una pariglia noiosa, che cammina con una specie di trotto, è solo perché sono una tale cosettina sciocca, John, che mi piace, a volte, recitare una specie di Commedia per Bambini, e tutte le altre cose di questo tipo: e riesco a farci credere le persone.

Ella vide che lui stava arrivando, e lo fermò nuovamente. Ma era proprio stata vicina a farlo troppo tardi.

– No, non amatemi per un altro minuto o due, con il vostro permesso, John! Ciò che vi voglio dire di più l'ho serbato alla fine. Mio caro, buono, generoso John, quando l'altra notte parlavamo del Grillo stavo per dirvi che all'inizio non vi amavo così profondamente come adesso; che quando sono venuta qui a casa, per la prima volta, ero mezza spaventata di non poter imparare ad amarvi del tutto così tanto quanto speravo e pregavo di poter fare… essendo io così tanto giovane, John! Ma, caro John, ogni giorno e ogni ora che passavano vi ho amato sempre più. E se non avessi potuto amarvi meglio di come faccio, le nobili parole che vi ho sentito dire stamattina, me ne avrebbero reso capace. Ma non posso. Tutto l'affetto che possedevo (era una quantità enorme, John) ve l'ho dato, come ben vi meritavate, tanto, tanto tempo fa, e non ne ho più da parte per darlo. Ora, mio caro marito, stringetemi di nuovo al vostro cuore! Questa è la mia casa, John; e mai più, non pensate mai più di mandarmi in nessun'altra!

Non ricavereste mai così tanta gioia dal vedere una donnina gloriosa sulle braccia di una terza persona, come quella che avreste provato se aveste visto Piccina correre tra le braccia del Corriere. Era il più perfetto, assoluto, pieno d'animo pezzettino di sincerità che avete mai visto in tutti i giorni della vostra vita.

Potete star sicuri che il Corriere era in uno stato di estasi assoluta; e potete star sicuri che Piccina lo era altrettanto; e potete star sicuri che lo erano tutti loro, compresa Miss Slowboy, che piangeva copiosamente per la gioia, e desiderava includere il suo giovane affidato nello scambio di congratulazioni, passando attorno il Bambino a tutti in successione, come se fosse stato qualcosa da bere.

Ma, a questo punto, il suono di ruote fu udito nuovamente fuori la porta; e qualcuno esclamò che Gruff e Tackleton stava ritornando. Rapidamente apparve quel rispettabile signore, accaldato e agitato.

– Beh, che Diavolo succede, John Peerybingle! – disse Tackleton. – C'è qualche errore. Ho dato un appuntamento a Mrs. Tackleton per trovarci in chiesa e giurerei che l'ho sorpassata sulla strada, mentre si dirigeva qui. Oh, eccola! Vi chiedo scusa, signore; non ho il piacere di riconoscervi; ma se potete farmi la cortesia di separarvi da questa giovane signora, ella avrebbe un impegno piuttosto particolare stamani.

– Ma non posso separarmi da lei. – ribatté Edward. – Non posso pensare di farlo.

– Che cosa intendete, vagabondo? – disse Tackleton.

– Intendo che, benché posso comprendere la vostra irritazione, – ribatté l'altro, con un sorriso, – sono sordo alle vostre aspre parole stamattina, quanto lo ero a tutti i discorsi ieri notte.

L'occhiata che gli diede Tackleton e il sussulto che ebbe!

– Sono spiacente, signore, – disse Edward tenendo sollevata la mano sinistra di May e specialmente l'anulare, – che la giovane signora non possa accompagnarvi in chiesa; ma poiché è stata già lì una volta, stamattina, forse la scuserà.

Tackleton guardò duramente l'anulare e prese un pezzetto di carta argentata, che apparentemente conteneva un anello, dal taschino del suo panciotto.

– Miss Slowboy, – disse Tackleton, – volete avere la gentilezza di gettar questo nel fuoco? Grazie.

– Si trattava di un impegno precedente, assolutamente un vecchio impegno che ha impedito a mia moglie di venire al vostro appuntamento, vi assicuro. – disse Edward.

– Mr. Tackleton mi renderà giustizia nel riconoscere che glielo avevo rivelato lealmente; e che gli avevo detto, molte volte, che non avrei mai potuto dimenticarlo.[2] – disse May arrossendo.

– Oh, certamente! – disse Tackleton. – Oh, è vero. Oh, è tutto a posto. È assolutamente corretto. Mrs. Edward Plummer, presumo?

– Il nome è questo. – ribatté lo sposo.

---

[2] «Dimenticarlo» traduce *forget it*, quindi si riferisce all'impegno.

– Ah, non vi avrei riconosciuto, signore, – disse Tackleton scrutando accuratamente il viso di lui e facendo un lungo inchino, – felicitazioni, signore!

– Grazie.

– Mrs. Peerybingle, – disse Tackleton, girandosi improvvisamente verso il posto dove ella stava con il marito, – sono spiacente. Non mi avete fatto una gentilezza molto grande, ma, sulla mia vita, sono spiacente. Voi siete migliore di quanto pensavo. John Peerybingle, sono spiacente. Voi mi capite; è quanto basta. È assolutamente corretto, signore e signori tutti, e perfettamente soddisfacente. Buon giorno!

Con queste parole portò fuori l'affare, e portò fuori anche se stesso;[3] fermandosi solamente sulla porta, per togliere i fiori e i nastri dalla testa del suo cavallo e per dare un'unica pedata a quell'animale, nelle costole, come un mezzo per informarlo che c'era una vite allentata nei suoi piani.[4]

Naturalmente divenne un serio dovere a questo punto, fare di quello un giorno che avrebbe segnato per sempre questi eventi come una Celebrazione e Festività Solenne nel Calendario dei Peerybingle. Di conseguenza, Piccina si mise al lavoro per produrre un tale ricevimento che avrebbe reso onore perpetuo alla casa e a ciascuna delle persone che avessero a che fare con essa; e in un brevissimo lasso di tempo fu ricoperta di farina fino ai gomiti,

---

[3] Gioco di parole sui significati del verbo *to carry off* che vuol dire «concludere un affare» e anche «portare fuori».

[4] Un modo per dire che qualcosa era andato storto nei suoi piani.

mentre imbiancava il Corriere, ogni qual volta le si avvicinava, fermandolo per dargli un bacio. Quel buontempone lavò le verdure e pelò le rape e ruppe i piatti e rovesciò sul fuoco le teiere di ferro piene di acqua fredda e si rese utile in tutti i modi: mentre una coppia di assistenti di professione, rapidamente chiamata da qualche parte del vicinato, come per una questione di vita o di morte, si scontravano l'una contro l'altra in tutti i vani delle porte e intorno a tutti gli angoli, e ciascuno inciampava su Tilly Slowboy e sul Bambino, dappertutto. Tilly non si era mai manifestata in tutta la sua forza prima di quella occasione. La sua ubiquità era argomento di ammirazione generale. Alle due e venticinque costituiva un ostacolo su cui inciampare nel corridoio; una trappola in cucina alle due e mezza precise; e un tranello nella soffitta alle tre meno venticinque. La testa del Bambino era, per così dire, un metro e una pietra di paragone per ogni regno della materia... animale, vegetale e minerale. Non c'era niente da usare quel giorno, che non venne, in un certo momento o in un altro, a stretto contatto con lui.

Quindi, fu messa in piedi una grande Spedizione per andare a informare Mrs. Fielding; e per essere desolatamente penitenti nei confronti di quell'eccellente gentildonna; e per portarla indietro con loro, con la forza, se necessario, per essere felice e perdonare. E quando la Spedizione la trovò, all'inizio ella non volle sentire alcuna parola, ma disse, un indicibile numero di volte, che non avrebbe mai dovuto vivere per vedere quel giorno! E non poté essere indotta a dire nient'altro, eccetto "Adesso conducetemi nella tomba"; che sembrava assurdo, per il fatto che lei non era affatto morta o né alcunché di simile. Dopo un po', piombò in uno stato di terribile calma e osservò che, quando era accaduta quella serie di circostanze sfortunate nel Commercio dell'Indaco, ella aveva previsto che sarebbe stata esposta, per tutta la vita, a ogni specie di insulto e oltraggio; e che era lieta di trovare che questo era il caso; e li pregò di non preoccuparsi di lei – perché chi era lei? Oh, poverina! Nessuno! – ma di dimenticare che viveva un essere come lei, e di prendere il corso della loro vita senza di lei. Da questo umore lievemente sarcastico, passò a uno stato d'animo arrabbiato, con il quale diede fiato all'espressione degna di nota che anche un verme si rivolta se viene calpestato, e, dopo di ciò, si lasciò andare a un mite rimpianto, e disse che se glielo avessero soltanto confidato, chissà cosa non avrebbe potuto essere capace di consigliare loro! Avvantaggiandosi di questa crisi dei sentimenti di lei, la Spedizione l'abbracciò; ed ella fu molto svelta nell'indossare i guanti e si trovò sulla strada per la casa di John Peerybingle in uno stato di impeccabile signorilità; con una scatola di cartone al lato contenente un cappello di dimensioni alte e rigide, pressoché quanto quelle di una mitra.

Poi c'erano il padre e la madre di Piccina che dovevano arrivare in un altro piccolo calesse; ed erano in ritardo; e ne nacquero timori; e ci fu un gran guardare fuori lungo la strada per vederli; e Mrs. Fielding voleva sempre guardare nella direzione sbagliata e senza dubbio impossibile; ed essendo informata di ciò, sperava di potersi prendere la libertà di guardare dove voleva. Infine arrivarono: una coppietta paffuta, che procedeva solitamente in una manierina calma e serena che era propria della famiglia Piccina: e Piccina e la madre, fianco a fianco, erano splendide a vedersi. Erano così simili l'un l'altra.

Poi la madre di Piccina dovette rinnovare la conoscenza della madre di May; e la madre di May stette sempre sul suo atteggiamento di signorilità; e la madre di Piccina non stette su altro che sui suoi piedini attivi. E il vecchio Piccina – per chiamar così il padre di Piccina, ho dimenticato che non era il suo nome esatto, ma non c'è problema – si prese delle libertà e le strinse subito le mani, e sembrò considerare un cappello come fosse nient'altro che amido e mussolina, e non si rifiutò mai di sentir parlare del Commercio dell'Indaco, ma disse che ormai non c'era più niente da fare; e, concludendo come Mrs. Fielding, era un uomo di buon carattere... ma rozzo, mia cara.

Non mi sarei perso Piccina, che faceva gli onori di casa con indosso il suo vestitino da sposa, la mia benedizione sul suo viso radioso!, per tutto l'oro del mondo. No! né il buon Corriere, così gioviale e rubicondo, seduto in fondo alla tavola. Né il marinaio abbronzato e fresco e la sua bella moglie. Né qualcun altro in mezzo a loro. Aver perso la cena sarebbe stato come perdere un pasto tanto allegro e sostanzioso quanto un uomo abbia bisogno di mangiare; e aver perso le coppe traboccanti nelle quali bevevano il Brindisi del Giorno di Nozze, sarebbe stata la perdita più grande di tutte.

Dopo cena, Caleb cantò la canzone del Calice Spumeggiante. Com'è vero che sono un uomo vivo, sperando di esserlo ancora, per un anno o due, la cantò dall'inizio alla fine.

E, poco dopo, proprio quando aveva terminato l'ultimo verso, accadde il più inaspettato degli incidenti.

Ci fu un colpetto alla porta, e un uomo entrò barcollando, senza dire permesso, o con il vostro permesso, con qualcosa di pesante sulla testa. Posandolo giù nel mezzo della tavola, simmetricamente al centro tra le noci e le mele, disse:

– Con le felicitazioni di Mr. Tackleton, e poiché non ha avuto che farsene della torta, forse voi la gradirete.

E con queste parole, uscì.

Ci fu una certa sorpresa tra i commensali, come potete immaginare. Mrs. Fielding, essendo una signora di infinito discernimento, suggerì che la torta fosse avvelenata e raccontò la storia di una torta, che, a quanto sapeva, aveva fatto diventare paonazza una scuola per giovani signorine. Ma venne messa a tacere dalle acclamazioni, e la torta fu tagliata da May, con gran cerimonia e allegria.

Non penso che alcuno di essi l'avesse assaggiata, quando ci fu un altro colpetto alla porta, e il medesimo uomo apparve nuovamente, tenendo sotto al braccio un grande pacco di cartone.

– Con le felicitazioni di Mr. Tackleton, ha mandato qualche giocattolo per il Bambino. Non sono orribili.

Dopo la pronuncia di simili espressioni, si ritirò nuovamente.

Tutti i festeggiati avrebbero sperimentato grandi difficoltà nel trovare le parole per il loro stupore, persino se avessero avuto molto tempo per cercarle. Ma non lo ebbero per niente, poiché il messaggero si era a mala pena chiuso la porta alle spalle, che ci fu un altro colpo ed entrò Tackleton stesso.

– Mrs. Peerybingle! – disse il Giocattolaio, con il cappello in mano. – Sono spiacente. Sono più spiacente di quanto fossi stamattina. Ho avuto tempo per pensarci. John Peerybingle! Sono acido per inclinazione, ma non posso evitare di essere raddolcito, più o meno, dal venire faccia a faccia con un uomo come voi. Caleb! Questa piccola bambinaia inconscia, ieri notte, mi ha dato un accenno interrotto, di ciò di cui ho trovato la logica. Arrossisco nel pensare a come avrei potuto facilmente legare me, te e tua figlia, e che miserabile idiota ero, quando consideravo lei un'idiota! Amici tutti, la mia casa è molto solitaria questa sera. Non ho neppure un Grillo nel mio Focolare. Li ho fatti fuggire tutti dalla paura. Siate gentili con me, lasciatemi far parte di questa festa felice!

In cinque minuti fu a suo agio. Non aveste mai potuto vedere un compagnone simile. Cosa *era* stato a fare di se stesso per tutta la vita, se non aveva mai conosciuto, prima, le sue grandi capacità di essere gioviale! O cosa gli avevano fatto le Fate, per aver procurato un simile cambiamento!

– John, non mi manderete a casa stasera, vero? – sussurrò Piccina.

Sebbene fosse stato molto vicino a farlo!

Ci voleva solo un altro essere vivente a completare la festa, e, in un batter d'occhio, fu lì, molto assetato per una corsa faticosa e impegnato in tentativi senza speranza di ficcare la testa in una brocca stretta. Era andato con il carro fino alla fine del viaggio, disgustato moltissimo per l'assenza del suo padrone, e prodigiosamente ribelle nei confronti del Delegato. Dopo aver indugiato per qualche tempo nella stalla, tentando vanamente di incitare il vecchio cavallo all'atto ammutinoso di ritornarsene per conto proprio, si era recato fino all'osteria e si era steso davanti al fuoco. Ma cedendo improvvisamente alla convinzione che il Delegato fosse un impostore e dovesse essere abbandonato, si era alzato nuovamente, aveva agitato la coda, ed era ritornato a casa.

Durante la serata ci fu un ballo. Lo avrei lasciato stare con ciò che generalmente si menziona di questo divertimento, se non avessi avuto le ragioni per supporre che si trattava assolutamente di un ballo originale e di una delle figure di danza più sconosciute. Era composto in maniera strana; in tal modo. Edward, uomo di mare – da quel bel tipo libero e impetuoso che era – era stato a raccontar loro varie meraviglie riguardanti pappagalli e miniere e Messicani e polvere d'oro, quando tutt'a un tratto gli venne in testa di saltare su dalla sedia e proporre un ballo, poiché l'arpa di Bertha era lì e lei sapeva suonarla come si può raramente sentire. Piccina (pezzettino malizioso di affettazione quando voleva) disse che i suoi giorni per ballare erano passati; *io* penso per il fatto che il Corriere stava fumando la pipa e a lei piaceva, più di tutto, sedere vicino a lui. Dopo di ciò, naturalmente, Mrs. Fielding non ebbe scelta che dire che i *suoi* giorni per ballare erano passati; e tutti dissero la stessa cosa, eccetto May; May era pronta.

Così, May ed Edward si alzarono, tra grandi applausi, per ballare da soli, e Bertha suonò la sua melodia più vivace.

Beh! se mi crederete, non hanno ballato cinque minuti, che il Corriere getta improvvisamente via la pipa, prende Piccina per la vita, si lancia nella stanza e comincia a ballare con lei, tacco e punta, in modo assolutamente meraviglioso. Non appena Tackleton vede questo, scivola verso Mrs. Fielding, la prende per la vita e segue l'esempio. Non appena il vecchio Piccina vede questo, si alza in piedi, tutto arzillo, porta velocemente Mrs. Piccina nel mezzo della danza e lì si distingue. Non appena Caleb vede questo, afferra Tilly Slowboy per tutte e due le mani e si unisce agli altri; Miss Slowboy ferma nella convinzione che il tuffarsi focosamente in mezzo alle altre coppie ed effettuare un certo numero di traumi con esse sia l'unico principio di qualunque passo.

Udite! come si unisce alla musica il Grillo con il suo Cri-cri, Cri-cri, Cri-cri, e come borbotta il ramino!

* * * * * *

Ma che è successo! Anche se li sto ascoltando, spensieratamente, e mi volgo verso Piccina, per un'ultima visione fuggevole di una piccola figura a me tanto gradita, lei e gli altri sono svaniti nell'aria e mi hanno lasciato solo. Un Grillo canta da sopra il Focolare; un giocattolo per bimbi giace rotto sul pavimento; e nient'altro rimane.

Tavola di Daniel Maclise per la prima edizione

Tavola di Daniel Maclise per la prima edizione

INDICE

I CLASSICI DI CARAVAGGIO EDITORE

I Classici Ritrovati

Nella collana *I Classici Ritrovati*, diretta da Enrico De Luca, sono proposti classici, più o meno noti, della Letteratura Universale in edizioni la cui caratteristica principale risiede nella cura con la quale sono stati confezionati i testi, sempre rigorosamente integrali e corredati da apparati di note che ne consentono una migliore e più profonda comprensione. Solo così, infatti, è possibile ritrovare quel piacere che scaturisce da una lettura rispettosa di opere letterarie senza tempo, che ci parlano in una lingua e con uno stile diversi da quelli contemporanei, ma che sanno trasmetterci emozioni, consigli e godimento estetico come nessun altro libro è in grado di fare.

1. Charles Dickens IL GRILLO DEL FOCOLARE
2. Charles Dickens A CHRISTMAS CAROL
3. Edmondo De Amicis L'ULTIMO AMICO
4. Jean Webster PAPÀ GAMBALUNGA
5. Lucy Maud Montgomery LA STANZA ROSSA E ALTRE STORIE DI FANTASMI
6. Jerome K. Jerome RACCONTATI DOPO CENA
7. Lucy Maud Montgomery KILMENY DEL FRUTTETO
8. Arthur Conan Doyle IL PARASSITA
9. Frances H. Burnett NELLA STANZA CHIUSA
10. Edith Nesbit L'OMBRA E ALTRI OSCURI RACCONTI
11. Jean Webster CARO NEMICO
12. L.M. Alcott DIETRO LA MASCHERA OVVERO IL POTERE DI UNA DONNA
13. Eleanor H. Porter POLLYANNA
14. Frances H. Burnett IL POPOLO BIANCO
15. C. Perkins Gilman LA CARTA DA PARATI GIALLA E ALTRI RACCONTI
16. Ada Negri CONFESSIONI
17. Grazia Deledda LA CASA MALEDETTA E ALTRE CUPE STORIE
18. Jerome K. Jerome e altri IL MISTERO DI BLACK ROCK CREEK
19. Lucy Maud Montgomery EMILY DI LUNA NUOVA
20. Jean Webster IL MISTERO DI FOUR-POOLS
21. R. L. Stevenson STRANO CASO DEL DOTTOR JEKYLL E DEL SIG. HYDE
22. May Sinclair VITA E MORTE DI HARRIETT FREAN
23. Giovanni Verga LE STORIE DEL CASTELLO DI TREZZA
24. Johanna Spyri HEIDI. GLI ANNI DELLA SUA FORMAZIONE E PEREGRINAZIONE
25. Frances Hodgson Burnett UNA PICCOLA PRINCIPESSA

Nuova serie

1. May Sinclair L'INTERCESSORE
2. K.D. Wiggin LA ROMANZESCA STORIA DI UNA CARTOLINA NATALIZIA
3. Lucas Malet IL PICCOLO PETER
4. Lucy Maud Montgomery IL CASTELLO AZZURRO
5. Bram Stoker LADY ATHLYNE
6. Lucas Malet LA BARRIERA SENZA CANCELLO
7. Johanna Spyri HEIDI FA TESORO DI CIÒ CHE HA IMPARATO

I Classici Ritrovati Pocket

1. Friedrich August Schulze LA SPOSA CADAVERE
2. Edmondo De Amicis NEL GIARDINO DELLA FOLLIA
3. Carolina Invernizio I SETTE CAPELLI D'ORO DELLA FATA GUSMARA
4. Joseph Sheridan Le Fanu CARMILLA
5. Anton Čechov LA STREGA E ALTRI RACCONTI SULLA PAURA
6. Charles Dickens e altri UNA CASA DA AFFITTARE
7. NATALE CON LUCY MAUD MONTGOMERY

Sinistre Suggestioni

1. Enrico De Luca, Daniele Serra TINTE FOSCHE
2. Enrico De Luca, Matteo Zanini LE STANZE INFESTATE (Vol. I/6)
3. Enrico De Luca, Matteo Zanini LE STANZE INFESTATE (Vol. II/6)
4. Enrico De Luca, Matteo Zanini LE STANZE INFESTATE (Vol. III/6)
5. Enrico De Luca, Matteo Zanini LE STANZE INFESTATE (Vol. IV/6)
6. Enrico De Luca, Matteo Zanini LE STANZE INFESTATE (Vol. V/6)
7. Diletta Sapienza MORTE, TU MORRAI

Frammenti d'autore

Dieci racconti di cinque autrici e cinque autori:
Kate Chopin, Olive Schreiner, Hector Hugh Munro (Saki),
Lucy Maud Montgomery, Arthur Conan Doyle, Luigi Capuana,
Luigi Pirandello, H. P. Lovecraft, Elizabeth Gaskell, Grazia Deledda

1. Lucy Maud Montgomery IO SO UN SEGRETO
2. Frances Hodgson Burnett IL MIO PETTIROSSO
3. Grazia Deledda DI NOTTE
4. Elizabeth Gaskell CURIOSO, SE FOSSE VERO
5. Jerome K. Jerome LO SCHERZO DEL FILOSOFO

6. Kate Douglas Wiggin IL VIAGGIO D'UNA BIMBA CON DICKENS
7. Jack London L'ETERNITÀ DELLE FORME
8. Francis Scott Fitzgerald IL CURIOSO CASO DI BENJAMIN BUTTON
9. Ivan Turgenev JAKOV PASYNKOV
10. Frances Hodgson Burnett NEL GIARDINO
11. William Wilkie Collins IL SEGRETO DI FAMIGLIA
12. Francis Marion Crawford PERCHÉ IL SANGUE È LA VITA
13. Von Degen (Anne Crawford) UN MISTERO DELLA CAMPAGNA ROMANA
14. Robert Louis Stevenson MARKHEIM

Sezione Aurea

1. Giovanni Verga STORIA DI UNA CAPINERA
2. Umberto Notari QUELLE SIGNORE
3. Miguel de Unamuno LA ZIA TULA

Bonbon

1. Lucy Maud Montgomery LA SOSIA DI MILLICENT
2. Percy Simple (H.P. Lovecraft) DOLCE ERMENGARDE
3. Mark Twain UNA ROMANTICHERIA MEDIEVALE
4. Thomas Wolfe L'INVERNO DEL NOSTRO SCONTENTO
5. Mrs. H. Fraser (M. Crawford) UN LUPO MANNARO DELLA CAMPAGNA ROMANA
6. Bram Stoker GIBBET HILL
7. Edith Nesbit LA CITTÀ IN BIBLIOTECA

Fasci di Lettere (solo sul sito dell'editore)

1. Lucy Maud Montgomery
2. Guy de Maupassant
3. H.P. Lovecraft
4. Jane Austen

Consulta tutto il catalogo su: www.caravaggioeditore.it